Renier-Frèduman Mundil

GeGlichenes

Band 4
Kurzgeschichten mit eingeschobenen Aphorismen

AF280862

Renier-Frèduman Mundil

GeGlichenes

Band 4
Kurzgeschichten
mit eingeschobenen Aphorismen

Impressum

Bibliografische Information der Deutschen Nationalbibliothek:

Die Deutsche Nationalbibliothek verzeichnet diese Publikation in der Deutschen Nationalbibliografie; detaillierte bibliografische Daten sind im Internet über http://dnb.dnb.de abrufbar.

© 2024 Renier-Fréduman Mundil
      Viola Hartmann
Covergestaltung Dan Winkler

Verlag: BoD • Books on Demand GmbH, In de Tarpen 42, 22848 Norderstedt
Druck: Libri Plureos GmbH, Friedensallee 273, 22763 Hamburg

ISBN: 978-3-7597-2905-7

Für

Celestine

Einleitung

Das Geglichene ist ein sprachlicher Platzhalter für das Gleichnis. Um eine Person besser zu verstehen, lohnt es sich, dessen ganze Familie zu betrachten: Das Familienmitglied Gleichnis besitzt viele Verwandte, offensichtlich nächste Verwandte wie Mutter, Vater, Bruder und Schwester ebenso wie von irgendeiner weit entfernten Seite eingeheiratete, adoptierte, dort gibt es ebenso Cousins 1.° (ersten Grades) wie nicht mehr nachvollziehbare Cousins 25.° (25sten Grades) und wahrscheinlich auch eine Reihe Familienmitglieder, die keine sind – solche, die einfach zur Hochzeitsfeier hineingegangen sind, obwohl sie keine Verbindung zur Familie hatten, aber sich als tief verbundenes Familienmitglied ausgegeben haben.

Eine bunte Mischung von Verwandtschaft, die sich Allegorie, Analogie, Vergleich, Simile, Lehrstück, Metapher, Sinnbild, Bildwort, Similiertes, Maschall und Nimschal und anderes nannten.

Da dieses Bild sehr bunt ist können wir uns leicht vorstellen, dass Gleichnisse nicht nur in der jüdischen oder christlichen Religion eine Rolle spielen, sondern auch in vielen anderen Religionen, Kulturen und Dichtungen.

Der unbestrittene Großmeister des Gleichnisses ist Jesus Christus. Er soll (pardon, habe nicht nachgezählt) 48 Gleichnisse im Neuen Testament erzählt haben.

Nachfolgend ein Auszug:

- Vom Feigenbaum (mit und ohne Früchte)
- Gläubiger und zwei Schuldner
- Haus auf Fels und Sand erbaut
- Vom Gast ohne Hochzeitskleid
- Von den klugen und törichten Jungfrauen
- Von der kostbaren Perle
- Kamel und Nadelöhr
- Neuen Wein in alten Schläuchen
- Vom Sauerteig
- Vom unbarmherzigen Gläubiger
- Schatz im Acker
- Senfkorn
- Anvertraute Talente
- Unkraut und Weizen
- Vom Weltgericht
- Vom ungerechten Richter
- Vom verlorenen Sohn
- Vom verlorenen Schaf
- Vom verlorenen Groschen

- Barmherziger Samariter
- Vom Sämann

Obwohl Christus für seine Gleichnisse den damaligen Alltag benutzte, es gab beispielsweise noch keine Straßenlaternen, jeder lief mit einer Öllampe, die Saat wurde nicht Millimeter exakt mit einer Maschine aufgebracht, sondern mit der Hand gestreut, da fielen schon mal Samenkörner auf Steine, unter Unkraut usw., obwohl er diese Situationen benutzte, die uns nur noch selten in unserem Alltag begegnen, hinterlassen sie trotzdem auch heute einen tiefen Eindruck. Sie sind leicht zu merken mit einer versteckten wichtigen Botschaft, die wir entdecken, denken wir darüber nach.

Beeindruckt hat mich unter anderem das Gleichnis von den fünf klugen und törichten Jungfrauen. Alle Zehn warteten auf den Herrn, der nicht zur erwarteten Zeit kam. Als er erschien, waren die Öllampen leer. Die fünf klugen Jungfrauen hatten Ersatz, füllten ihre Lampen nach und wurden in den Himmel zum Hochzeitsfest eingeladen. Die fünf törichten mussten erst in die Stadt, die Lampen aufzufüllen. Als sie an der Himmelspforte standen, war und blieb diese verschlossen. Sie waren zu spät, wegen ihrer Nachlässigkeit einen Moment zu spät und dieser kurze Moment bedeutete für sie, eine Ewigkeit vor der versperrten Himmelspforte stehen zu müssen.

Dieses Gleichnis erinnerte mich an eine Begebenheit mit meinem Vater. Wir reparierten zu Hause den Abfluss in der Küche und stellten kurz vor Ende fest, dass ein Stück fehlte. Also stürzten wir los, rannten zur U-Bahn, fuhren sieben Stationen und eilten zum nächsten Sanitärgeschäft. Damals gab es die großen, fast durchgängig geöffneten Baugeschäfte noch nicht, es gab keine Internetbestellung mit Eilzustellung am selben Tag. Das gab es alles noch nicht.

Wir erreichen das kleine Geschäft exakt 13:01 Uhr, 1 Minute nach Ladenschluss. Hinter der Glasscheibe sahen wir den Besitzer, der die Tür auf verschiedenen Ebenen verriegelte. Durch die Glastür konnten wir mit ihm reden, klagten unser Leid, ein Wochenende ohne normalen Ablauf des Spülwassers, nein, wir müssten jede Schüssel extra entsorgen. Es half alles nichts. Der Besitzer ließ sich nicht erweichen. Wegen einer

Minute standen wir vor dem verschlossenen Sanitärhimmel.

An diesem Tag gab es keinen zweiten Jugendlichen auf der Welt, der die fünf törichten Jungfrauen besser verstanden hat als ich.

Gleichnisse werden lebendig, betrachten wir sie durch unseren Alltag, selbst wenn dieser (aber nur äußerlich) anders aussieht als zur Zeit Christi.

Auch das Wort ‚Geglichenes' hat Verwandtschaft: Ausgeglichenes, Abgeglichenes, Beglichenes, Angeglichenes, Verglichenes und mit Sicherheit noch mehr Angehörige. Gesellen wir uns zu jedem dieser verschiedenen Familienmitglieder und betrachten so das Gleichnis aus den verschiedenen Positionen, dann ergibt sich aus allem ein rundes Bild, nachdem wir im Leben oft streben.

In jedem Gleichnis steckt eine Gleichung aus einigen Unbekannten.

1.   AT + NT = BB oder
2.   AT + NT = L

Die erste Gleichung ist simpel:

AT (Altes Testament) + **NT** (Neues Testament) = **BiBel**.

Die zweite Gleichung hat aber noch eine andere Lösung. AT ist nicht nur das **A**lte **T**estament sondern auch der **A**ll**T**ag.

A(ll)T(ag) + N(eues) T(estament) = Leben.

Das ist die Gleichung, die hinter den Gleichnissen steht: Der **A**ll**T**ag verknüpft sich mit dem **N**euen **T**estament bzw. den dort so reichlich vorhandenen Gleichnissen und ergibt (=) das Leben. Und wer von uns versteht nicht gerne durch diese einfache Gleichung sein kompliziertes Leben.

Die folgende Sammlung enthält etwas über 60 Kurzgeschichten, jede Kurzgeschichte baut auf eine meist aus dem Neuen Testament stammende Bibelstelle eine gleichnishafte Geschichte. Da wir vier Kinder haben sind die Geschichten bewusst auf vier Bände aufgeteilt, ein kleines Vermächtnis an die Kinder, in ihrem bzw. dem Leben ihrer eigenen Familie den kostbaren Schatz der Gleichnisse, den Christus so oft verwandt hat, zu entdecken. Zwischen den Geschichten findet sich jeweils ein Gedicht, eine kurze Zeit zum Verschnaufen, eine kurze Zeit vielleicht doch zum Nachdenken, eine kurze Zeit vielleicht auch zum weiteren Vertiefen.

1.
Bahnbrechend oder der werkende Glaube

Überall hatte es sich herumgesprochen. Das Land war erfüllt von der Kunde. Ohne Fernsehen, Telefon, Handy, ohne Zeitung, Internet, Kurierdienst hatte es sich tausendmal schneller verbreitet: die unglaubliche Nachricht seiner Wunder. Nichts, was er nicht konnte. Die Gedanken eines anderen lesen. Die Fallstricke der Gesetzeskundigen rechtzeitig erkennen. Sich zwischen den verschiedenen Gewalten zu manövrieren, ohne angreifbar zu werden. Er war der helle Sonnenstrahl für die Kinder, der Held der Jugend, die Hoffnung der Frauen in ihrer unterdrückten Stellung, das Licht am Horizont für die Armen, Notleidenden, Verzweifelten, Todkranken, Besessenen, Lebensmüden, für die Lahmen, Blinden, Aussätzigen, für Bettler, Diebe, Dirnen, Zöllner.

Und nun war er in ihr Dorf gekommen. Saß in einem kleinen Haus, Menschen hingen in den Fenstern, damit wenigstens einer seiner Blicke sie streifte, eine unzählbare Menge ums Haus versammelt, Geschrei, Gezerre, jeder kämpfte, ihm einige Zentimeter näher zu kommen.

Nathan lag auf seinem Lager. Seit vielen Jahren. Gelähmt an den Beinen, nur wenige seiner Armmuskeln noch mit etwas Kraft beseelt. Es klopfte. Bevor er antwortete, öffnete sich die Tür. Sein Bruder und sein Freund traten ein, draußen wartete sein Vater und einer seiner Onkel.

Wir bringen dich zu ihm, sagte Eli.

Zu wem? Nathans Stimme war schwach.

Zum Herrn. Er ist in unser Dorf gekommen. Ein großes Wunder für uns.

Er wird mich nicht vorlassen. Wir haben kein Geld.

Der Herr nimmt kein Geld. Es ist ein Vorteil, dass du arm bist. Das erste Mal im Leben, dass die Armut ein Vorteil ist.

Was soll ich ihm sagen?

Nichts, er weiß, warum wir dich bringen.

Er wird nach meinem Glauben fragen. Ich liege zu lange auf diesem Lager, um noch glauben zu haben.

Er wird unseren Glauben sehen und es wird ihm genügen.

Ihr braucht den Glauben für euch selbst. Habt ihr keine Bitten an ihn?

Doch. Aber deine Bitte geht vor. Sie ist größer.

Die Jahre hatten ihn verbittert, misstrauisch werden lassen. War es nicht Eigennutz der anderen, sie mussten sich nicht mehr um ihn sorgen, war er erst einmal gesund. Im Gegenteil. Er stand in ihrer Schuld. Die vielen Jahre ihrer Hilfe. Sie würden erwarten, dass er es nach besten Kräften zurückzahlte.

Er war in bittere Gedanken versunken, als sie ihn ans Tageslicht schleppten. Die Sonne blendete, er versteckte sein Gesicht unter der Decke. Draußen schrien die Menschen, ihre giftigen Blicke waren durch die Wolldecke zu spüren, als sie seinetwegen weichen mussten. Doch seine Freunde ließen sich nicht beirren, verteilten die Masse wie ein Pflug die Erde aufreißt.

Vor dem Haus ging es nicht weiter. Unmöglich, hineinzugelangen. Niemand war bereit, weiter zu weichen, keiner, der im Haus war, würde freiwillig herauskommen, ihm Platz zu machen.

Eli, sein Freund, sprang auf die Schulter eines Mannes und von dort auf das Dach des Hauses. Es ging blitzschnell. Bevor die Menge sich versah, fielen die ersten Ziegel auf den Boden. Von Schrecken erfasst wichen die Menschen auseinander. Die Freunde trugen die Bahre durch die freigewordene Schneise, Eli riss unentwegt die Ziegel vom Dach. Dann hoben sie ihn in die Höhe und ließen ihn vorsichtig ins Haus hinab, direkt vor die Füße des Herrn.

Der Herr blickte nicht auf, er hatte längst alles gesehen.

Es wurde totenstill. Niemand wagte zu atmen. Selbst die Gesetzeslehrer, eben in eifrige Dispute verstrickt, schwiegen.

Jesus dachte über den Glauben nach, den die Menschen bewiesen hatten. Und der Herr sprach zu ihm:

„Deine Sünden sind dir vergeben." (Lukas 5:20).

Und er wusste, dass der Herr nicht lügen konnte.

Nach dem Sieg
Blüht,
Ohne Frage,
Jedem eine Niederlage.

2.
Späte Kehrtwende

Seine Erscheinung auf der Kanzel überstrahlte alle und alles, selbst den am Kreuz hängenden Herrn über dem Altar. Alles nur Beiwerk, Schmuck, für seine Wortgewalt. Für den heutigen Tag hatte er die Krone seiner Predigten vorbereitet, eine Symphonie aus Lobpreisung an den Erzbischof und mollgewandten Strafankündigungen für die elenden Sünder, ein Meisterwerk des Wortes, an den richtigen Stellen von dröhnenden Akkorden der Orgel unterbrochen, den Zuhörern eine Ahnung vom Fegefeuer zu vermitteln. Jede Kleinigkeit war einstudiert, die Einsätze mit dem Organisten viele Male geübt, auf dem Höhepunkt des Strafgerichts der Auftritt des Chores. „Dies irae", aus Verdis Requiem, selbst ihn ließ es jedes Mal erschauern. Dann würde sich die Farbe der Worte wechseln, liebliche Klänge der Psalmen würden durch die alte Kirche fließen, hinter ihnen sich steigernde Lobpreisungen des Herrn und am Ende die Macht des Wortes und der Musik vereint, das „Hallelujah" von Händel, an dessen Ende er mit sonorer Stimme rufen würde: „Amen und Amen und Amen!"

Er konnte nicht mit den Wundern des Herrn aufwarten, da musste der Effekt des Wortes, die Gewalt der Musik, ausgleichen und seine stattliche Erscheinung das Auge der Zuhörer beeindrucken. Aber es reichte nicht, wie sollte seine große, wuchtige, stattliche Erscheinung sich würdig in dieses Gefüge anpassen, den Erzbischof von seiner Person noch ein wenig mehr einnehmen und die Zuhörer in gebührenden Abstand halten, wenn sein Körper in dem Talar steckte, den er jahraus, jahrein trug. Nur weil seine Haushälterin die neu gefertigte Robe so unwiederbringlich zugerichtet hatte, dass sie nicht einmal mehr für die Lumpensammlung taugte. Das Plätteisen hatte ein riesiges Loch hineingebrannt, dort, wo der Stoff sich der linken Brust, dem Herzen auflegte. Warum um alles in der Welt ließ sie nicht das Telefon läuten und verrichtete erst das Bügeln zu Ende.

Er könnte krank werden. Nein, es stellte keine Alternative dar, er sehnte sich nach dem Bad in der Gewalt seiner Worte, nur mit dem richtigen Schwimmanzug war es vorbei.

Also würde er den alten Anzug anziehen. Die Gewalt seiner Worte würde diesen Makel vertuschen. Wutschnaubend stampfte er den kurzen Weg vom Pfarrhaus zur alten Kirche hinüber.

Seine Schritte beschleunigten von selbst, vom Sog der auf ihn wartenden Menge angezogen. Hätte er doch vor allen anderen auf der Kanzel Aufstellung beziehen können, das verschlissene Gewand hinter der Brüstung verborgen, allein sein strahlendes, leuchtendes Angesicht den erwartungsvollen Zuhörern zugewandt. Weiter beschleunigten seine Schritte, schneller, er ließ den lauen Sommerwind hinter sich und stürzte über den Hof.

Die Worte seiner Predigt rasten durch seinen Kopf. Seine Hand erhob sich, mahnend, gewichtig, die Zuhörer im Bann haltend wie ein Dirigent das Orchester zähmt. Von innen dröhnten die gewaltigen Akkorde der Orgel, die alten dicken Mauern der Kirche begannen mit der Wucht der Klänge zu vibrieren, er hörte das Zähneknirschen der reumütigen Sünder, spürte, wie der Sturm des Fegefeuers unheilverkündend durch die geöffnete Pforte des Gotteshauses brauste.

Der alten Haushälterin hatte er geboten, zu Hause zu bleiben. Ihr Anblick würde ihn in Rage bringen, gewiss, es war Sonntag, aber der Herr hatte von Haushälterinnen nicht gewusst, als er über die Erde gewandelt war, nur von Pflicht gesprochen. Warum sollte die alte Frau nicht am Sonntag ihre Pflicht, ihren Pflichten nachgehen. Auf einmal wurde es still. Die Orgel war verstummt, das Atmen der Wartenden war eingeschlafen, der laue Sommerwind ruhte in den grünen Baumwipfeln, ein einziger Vogel ließ sein Lied durch den milden Sonntagmorgen erklingen. Er hielt an, wollte es nicht, aber er fügte sich dem stehengebliebenen Augenblick der Zeit. Die hellen Glockentöne des Vogels schwebten durch die Luft und wandelten sich in der lauen Sommermilde zu leisen Worten, die über den Hof säuselten.

„Und dir dabei einfällt, dass dein Bruder etwas gegen dich hat, so lass deine Gabe dort vor dem Altar liegen, geh und versöhne dich zuerst mit deinem Bruder, dann komm, und opfere deine Gabe." (Matthäus 5:23-25).

Seine Füße drehten um und er folgte der Spur der wortgewordenen Melodie, die seine Schritte zurück in das Pfarrhaus trug, während in der gewaltigen Kirche die mollgewandte Orgel von Neuem aufgebraust war, ihre schwere Musik auf die Wartenden herabschmetterte, die hilflos auf die leer gebliebene Kanzel starrten.

Borgen
Vergrößert oft die Sorgen.

3.
Fischmensch

Der Fang war kümmerlich, weniger als ein Viertel des gewohnten, nicht einmal ein Zehntel des erhofften. Monatelang hatten sie an dem neuen Netz gearbeitet, unzählige Knoten waren mit ihrem Blut getränkt, wenn sie übermüdet von der langen Bootsfahrt zum Fischfang abends vor der Hütte hockten, um das neue Fangteil fertig zu stellen, ihre Nadeln unsicher führten und statt der Öffnung der Reusen die eigenen Finger trafen. Das alte Netz war zerschlissen, erst vor einer Woche war es zum Bersten gefüllt, welch Anblick, die tausenden silbernen Fische, als es beim Einholen an der rauen Holzwand des Bootes prall gefüllt aufriss und der fette Fang in der Weite des Sees verschwand.

Ihre Hoffnung, Zuversicht trieb sie an. Das neue würde besser sein, alles Neue ist besser, die Arbeit leichter, der Fang größer, sie würden die Arbeitszeit verkürzen können, eine Stunde später herausfahren, nicht mehr im kalten Nebel ins Ungewisse starten.

Jakobus, Johannes, eilt euch. Die Stimme ihres Vaters Zebedäus klang angespannt, angespannt, müde, gereizt. Habe ich euch nicht gelehrt, den Himmel zu verstehen. Die Wolken, seht. In ein paar Stunden wird ein Sturm losbrechen.

Beide Söhne schwiegen, keine Antwort, aber ihre Finger eilten nunmehr gleich emsigen Ameisen zwischen den Maschen des neuen Netzes.

Vor ihnen lag ihr Leben, ihre Lebensgrundlage, alles hing an diesem Netz, Essen, das gekauft werden musste, Material zum Ausbessern der kleinen Fischerhütte, die Steuern, bevor die grimmigen Soldaten kamen, sie mit Gewalt einzutreiben, der Preis für die Tiere, Opfergaben im Tempel, dem Herrn gnädig zu stimmen, und, und, und.

Und plötzlich stand er vor ihnen. Dieser Wanderprediger Jesus, seine Wundertaten eilten schneller als ein Lauffeuer durchs Land. Sein Schatten fiel auf das Netz, dass die Maschen vor ihren Augen zu einer dunklen schwarzen Fläche verschmolzen. Ruhig stand er vor ihnen, seine Augen schienen alle Knoten des Netzes zu prüfen, als wollten sie die Blutstropfen zählen, die sie bei der Arbeit vergossen hatten.

Kein Gruß, keine Frage zu ihrem Befinden, wie aus dem Nichts war seine Gestalt aufgetaucht, hatte sich zwischen ihnen und der Sonne geschoben.

Im nächsten Moment öffnete sich sein Mund:

„Kommt her, folgt mir nach. Ich werde euch zu Menschenfischern machen."

Er sah die beiden Brüder aufspringen. Genauso war es mit Petrus und Andreas gewesen. Sie sprangen aus dem Boot, ließen das neue, fast fertige Netz hinter sich wie das Boot, ihren Vater Zebedäus, ihre Mutter, die jetzt in der kleinen Hütte kochte und abends mit Wehklagen ihren Mann überhäufen würde, ob des Weggangs ihrer beiden Söhne, kehrten nicht noch einmal in die Hütte zurück, Wechselkleider, Schuhe, Tasche, Proviant, liebgewordene Erinnerungsstücke zu holen, ließen ihre kleinen Geschwister zurück, Tränen werden sie vergießen, ihre starken älteren Brüder nicht mehr um sich zu wissen, sprangen aus dem Boot ohne Umwege in das neue Leben.

Keine fünf Minuten später waren sie aus den Augen ihres Vaters verschwunden, der immer noch mit aufgerissenem, aber stummen Mund die Szenerie verfolgte, gleichwohl nicht zu verstehen mochte.

Mehr als hundert Mal hatte er diese Begebenheit gelesen, gehört, erzählt bekommen, auseinandergelegt, versucht, den wenigen Worten die letzten Geheimnisse zu entlocken. Unzählige Male, doch nur heute, dieses eine Mal, verspürte er den Stich im Herzen. Nach Luft rang sein Leben, alle Gedanken kreisten wirr durcheinander in seinem Kopf. Keinen bekam er zu fassen, Schwindel erfasste ihn bevor er zu Boden sank, es schwarz vor Augen wurde, die Stiche im Herzen und die Schwärze vor den Augen sich zu einem seltsamen Gebilde vermengten. Schwarze Stellen lösten sich auf, hinterließen raue dunkle Linien, das seltsame Gebilde hatte sich in ein riesiges Netz verwandelt, in dem er gefangen war. Er suchte nach einem Ausgang, vergebens, er versuchte die Maschen zu zerreißen, vergebens, versuchte, die Seile mit seinen Zähnen durchzubeißen, vergebens, er war in einem riesigen Netz gefangen.

Womit fischt man Menschen?, dachte er. Menschenfischer, ein unwirkliches Wort. Wo schwammen die Menschen? Welche dürfte er fangen, welche musste er ins Meer zurückwerfen, welches Meer überhaupt, wie groß durften die Maschen sein, auf das niemand durchschlüpfte. Sollte er besser ködern. Damit ließen sich nicht so viele fangen, dafür aber besondere Exemplare, wertvollere, welch Unsinn durchfuhr es ihn, konnte es wertvollere geben, wenn man nach Menschen fischt? Warum nicht? Was, wenn ein Raubfisch, ein Hai, an dem ausgeworfenen Köder hing?

Langsam wurden die Gedanken weniger. Langsam löste sich das Netz auf. Jakobus und Johannes waren verschwunden, auch der verlassene Zebedäus in seinem Boot, die Gestalt des Herrn, die Tränen der Mutter und kleinen Geschwister, alles verschwunden.

Als er aufblickte sah er das Gesicht des dunkelhäutigen Kindes auf dem Plakat. Er konnte den Jungen erkennen, der Junge aber nicht ihn. Nicht, weil er auf dem Plakat war, nicht, weil er keine Realität in seinem Zimmer war, nicht, weil er aus einer anderen Zeit stammte. Der Junge war blind. Die Augen des Kindes starrten ihn an. Fixierten ihn, durchbohrten seine Blicke, seine Augen, seinen Kopf, und verschwanden durch die geöffnete Tür aus seinem Zimmer. Nur die leblose Hülle des Kindes war zurückgeblieben. Afrika, Löwen, Zebras, Affen, tausende wundersame Blumen, exotisch anmutende Früchte, ein Paradies.

Der Junge lebte in einem Paradies, bemerkte es aber nicht. Ausdruckslos starrten die leblosen Augen des Jungen vom Plakat auf ihn hinab.

„Helfen Sie, las er unter dem Bild. Nur 70 €, und das Kind kann wieder sehen."

Den Löwen, den Affen, das Krokodil, alle würde der Junge sehen. 70 €, so viel kostete ein winziger Eingriff, mit dem das Augenlicht des Kindes wiederhergestellt werden konnte. Er hatte von dieser seltsamen Krankheit gehört. Nur mochte er solche Spendenaktion nicht. Wieviel Geld versumpfte in der Verwaltung, wahrscheinlich stecken sich Betrüger einen Teil in die eigene Tasche, korrupte Ärzte rechneten den Eingriff teurer ab, unzählige sinnvolle, nachvollziehbare Argumente gegen das Spenden lagen feinsäuberlich auf dem Blatt seiner analytischen Gedanken ausgebreitet.

Seine Füße setzten sich von selbst in Bewegung. Ehe er sich versah hatte er sich angekleidet und stand plötzlich am Schalter seiner Bank. Er kannte die Frau seit vielen Jahren. Sprach von ihr als seiner persönlichen Beraterin. Hatte mit ihr Anlagestrategien erörtert und im Laufe der

Zeit durch konsequentes Sparen und einige kluge Entscheidungen immerhin mit ihr ein kleines Vermögen von 50.000 € zusammenbekommen. Für seine Weltreise. Ein Sabbatical. Ein Jahr reisen. Amerika, Kanada, Asien, Australien, Neuseeland und Afrika. Nicht zuletzt der Höhepunkt Afrika. Beim Wort Afrika zuckte er zusammen.

Die Angestellte blickte ihn fassungslos an.

Wissen Sie genau, was Sie da tun?

Wortlos nickte er.

Schlafen Sie noch einmal eine Nacht darüber, riet sie ihm.

Er schüttelte den Kopf.

Soll ich mich über einige Hedgefonds erkundigen?, fragte die Frau.

Wieder schüttelte er den Kopf.

Vielleicht die Hälfte, sagte die Frau. Spenden sie nur die Hälfte, das ist immer noch mehr als die meisten tun.

Er schüttelte den Kopf.

Und die anderen Kinder, murmelte er. Das Netz ist groß genug für alle Kinder.

Die Frau wurde misstrauisch. Vielleicht war er verwirrt, krank, wusste nicht, was er tat. Sie drehte sich um, den Bankdirektor zu holen.

Lassen Sie es bitte, sagte er, als könne er ihre Gedanken lesen.

Während des kurzen Gespräches hatte er den Betrag auf dem Scheck eingetragen und seine Unterschrift daruntergesetzt.

Er war in ein neues Leben gesprungen. Was er zurückließ, würde ihm erst später bewusst werden. Eine seltsame Zeit, dachte er.

Womit fischt man Menschen. Mit Geld. Vielleicht, vielleicht auch nicht.

Menschen fischen, murmelte er, es war ihm klar geworden, Menschenfischer konnte nur werden, wer nicht selbst am Köderhaken des Geldes hing. So viel stand fest. Wie sonst sollte ein anderer anbeißen können, hing man selbst am Haken.

Der Kunde wurde über Ausmaß seiner Handlung ausführlich informiert. Es war ein kleiner Satz, den die Beraterin zur eigenen Absicherung in die Unterlagen eintrug, als er beim Verlassen der Bank war.

Er spürte einen kleinen Ruck, nur ein winziges Nippeln, ein kurzes Auf und Ab. Leicht drehte er sich um, die Frau trug ein silbernes Kleid aus tausenden Schuppen, ihre Augen starrten auf den Scheck. Der Haken tanzte im Wasser unentwegt auf und ab, kurz davor, in der Tiefe zu verschwinden. Er kannte sie bereits viele Jahre und wusste sofort, was dies bedeutete.

Viele verplanen,
Was sie nicht haben,
Anstatt zuerst zu sparen.

4.

Pekuniäre Relativitätsnichttheorie

Sie blätterte durch die hochglanzpolierten Seiten des Prospekts. Feine Schweißperlen ihrer Aufregung verteilten sich auf der glatten Oberfläche. Ihre Finger betasteten das Papier. Mit ein wenig Einbildung spürte sie die strohige gewaltige Mähne der Riesenraubkatze.

Ein Löwe, welch wunderbares Tier. Von jedem Punkt strahlten Ruhe, Majestät, Erhabenheit in ihre Augen. Ihre Pupillen fieberten durch die kleinen schwarzen Buchstaben. 100%. 100% Garantie. Unfassbar, doch sie glaubte es. Zu 100% wurde garantiert, dass jeder Reiseteilnehmer auf der Safari eines, mindestens eines Löwens, nein, nicht eines einzigen, las sie weiter, eines ganzen Löwenrudels ansichtig werden wird. Ebenso bei den Giraffen, Zebras ohnehin, Gazellen, Leoparden. Alles garantiert zu 100%.

Hastig sprang sie auf, eilte zum Schrank und holte die teure Spiegelreflex-Digitalkamera. Sie richtete das Objektiv und drückte ab. Gefangen auf dem winzigen Fotochip erhob sich die große Tiergestalt, setzte zum Sprung an, die

Vorderpfoten verließen den Boden. Erschrocken öffneten sich ihre Finger und der teure Apparat wurde auf den Boden katapultiert. Die Vorfreude trieb ihren Schabernack mit den Gedanken der alten Frau.

Die faltigen Hände glitten zu Boden, entrissen die Kamera der Schwerkraft und drückten das kleine Display in ihr linkes Auge. Erleichtert atmete sie auf. Der Löwe war unverändert deutlich zu erkennen. Die durch den hohen Preis versicherte Garantie hatte sie nicht im Stich gelassen. Der teure Apparat funktionierte, als würde er selbst es kaum erwarten können, die Tiere der Savanne mit seinem Objektiv einzufangen.

Wenigen seiner Kameraschwestern und Kamerabrüder war es vergönnt, leibhaftig in Afrika die Tiere der Savanne zu sehen. Der Apparat erkannte seine Bestimmung, alles würde er unternehmen, die alte Frau auf der Safari zu begleiten. Plötzlich wurde es feucht.

Die alten Lippen der Frau hatten ihm einen Kuss aufgedrückt. Kaum davon erholt bemerkte er eine weitere Flüssigkeit, ein Strom salziger Tränen ergoss sich über ihn. Egal, dafür war er entworfen worden, alles auszuhalten. Hitze,

Kälte, Regen, selbst menschliche Gefühls-ausbrüche. Kurz darauf wurde es dunkel um ihn, scharlachrote Seide umschmiegte seinen schwarzen Körper, als die noch immer zittrigen Hände der Frau ihn zurück in die wertvolle Ledertasche schoben.

Seit sie ein kleines Mädchen war, erträumte sie die Begegnung mit den wilden Tieren Afrikas auf einer Safari. Viele Male im Zoo, unendlich viele Tiersendungen im Fernsehen, meterlange Reihen an Bildbänden. Alles weltallentfernt von einer Begegnung in freier Wildbahn.

Das Leben hatte es wenig gut gemeint. Als Verkäuferin duellierte sie sich mit dem Leben, ihr Mann viel zu früh in diesen unergründlichen Himmel über ihr entschwunden, wenige kurze Urlaube, kaum ein Konzertbesuch, Essen gehen - nicht daran zu denken, fast jeder nicht lebensnotwendige Taler verschwand in der Sparbüchse, so exzellent in der kleinen Wohnung versteckt, dass sie die Dose manchmal selbst nicht auf Anhieb gefunden hatte.

Nun war die Summe wie ein Mount Everest Gipfel bestiegen und morgen, sie kniff sich, es war Wirklichkeit, morgen, wirklich morgen wird sie das Reisebüro aufsuchen. Etwas ermattet von der Aufregung fiel sie in den speckigen abgewetzten Sessel.

Vor ihr, wie von Zauberhand, ja, hatte nicht jeder in der heutigen Zeit eine Zauberhand, vermochte durch ein kleines Klicken die weite Welt auf den Bildschirm zu bannen, vor ihr begann sich eine schwarze Glasscheibe in Bilder zu verwandeln.

Nichts Besonderes suchte sie, ein wenig schalten, sehen, hören, danach abschalten, früh ins Bett und gleich vormittags ins reisende Büro. Werbung übersprang sie, nicht immer, oft genug jedoch, nicht in die Versuchung zu geraten, Geld auszugeben und die Safari zu gefährden. Ihre leicht weltfremde Überzeugung festigte sie, Löwe, Tiger, Giraffe warteten allein darauf, von ihren Blicken beäugt zu werden.

Als sie hochblickte, sah sie das kleine dunkelhäutige Kind. Regungslos lag es in den Armen einer Frau, aus gespenstisch riesengroßen Augen glitten starre Blicke direkt in ihre Pupillen. Wie Schnitte eines japanischen Filettiermessers durchtrennten sie ihre übrigen Sinne, lediglich Wortfetzen drangen in ihren Kopf, 800 Millionen, Hunger, Leiden, Tod, 800 Millionen, Hilfe, Afrika, Südamerika.

Intuitiv griff sie nach einem Fetzen Papier, es war nutzlos, nirgendwo konnte sie einen partnernden Stift sehen. So nahm sie den Teller auf dem zwei mit Butter bestrichene Brote lagen und kritzelte mit ihren Fingernägeln die Zahlen ein, die jetzt unter den starren Blicken des aufgequollenen Kindes auftauchten.

Eine Minute später war der Spuk verschwunden. Ein Albtraum, versuchte sie sich zu beruhigen, hatte sie nicht eben im hochglanzpolierten Afrika geblättert. Nur ein böser Albtraum!

Die Butter an ihrem Zeigefinger zerstörte den Traum vom Albtraum. Mehr als offensichtlich war alles Realität, tausende Kilometer entfernt, wie von Zauberhand, von ihrer Zauberhand, in die Wirklichkeit des eigenen Lebens geholt. Sie erhob sich schweigend. Die Spardose fand sie sofort, als hätte sich die Büchse mit dem Fernseher verschworen und nur auf ihr Erscheinen gewartet.

Ungläubig staunte sie über die Ruhe ihrer Hände, als sie das Geld zählte. Zur Sicherheit ein zweites Mal. Als wäre es gestern, erinnerte sie sich an die wichtigen Tage vor über 50 Jahren, als sie einmal hungerte, richtig hungerte, ungewollt, der schneidende Schmerz im Bauch, aberwitzige Gedanken, ihre Finger die verhärteten Krumen aus den Ecken des Brotkastens kratzten und in den ausgetrockneten Mund schoben, der Versuch, in den Schlaf zu entkommen, den furchtbaren Schmerzen und Gedanken für einige Stunden zu entkommen, alles nah, greifbar, als wäre sie mittendrin.

Aus der Schublade holte sie einen kleinen Papierbogen, es war ein Überweisungsträger, schrieb den gezählten Betrag in die grau hervorgehobenen Kästchen, darüber die in Butter gekratzte Kontonummer. Jetzt musste sie zu Bett, früh hatte sie die Wohnung zu verlassen, zu dem sterilen Glasbaukasten, in dem das Geld flutete.

Der Weg führte am Reisebüro vorbei, sie wusste es, realisierte es selbst noch in der aufkeimenden Müdigkeit vom Kampf, den sie unbewusst in ihrem Inneren gegen sich selbst ausgetragen hatte, sie wusste es, alles wusste sie, nicht alles, aber alles, was wichtig war und das war gewiss nicht wichtig.

„Diese arme Witwe hat mehr in den Opferkasten hineingeworfen, als alle anderen. Denn sie alle haben nur etwas von ihrem Überfluss hergegeben; diese Frau aber, die kaum das Nötigste zum Leben hat, sie hat alles gegeben..." (Nach Markus 12:37-44).

Auch mehr als einige Milliardäre auf dieser trostlosen Welt, die in einem Anflug von Güte 10% ihres Vermögens als gebumerangte Wohltat gaben, sich einen Platz neben der Witwe in dem noch weit entfernten unergründlichen Himmel über aller Köpfe erhoffend.

Manche bereuen
Das Verzeihen
Und zeigen:
Wie klein
Kann doch der Mensch sein.

5.
Hohe Zeiten vor dem Tiefpunkt

Wo hatte er es nicht alles gesehen? Nicht alles war das, was gemeinhin, jedenfalls früher, und in nicht wenigen Teilen dieser rotierenden Schmutzkugel Erde, als wichtigstes Ereignis im Leben bezeichnet wurde.

Die Hochzeit. Heiraten. Geatmete Amore. Mittelpunkt, ein einziges Mal Mittelpunkt im Miniaturkosmos der eigenen beschränkten Welt. Einen Mathematiker würde diese Betrachtung zur logischen Konsequenz führen, danach einen Schlussstrich zu ziehen. Die Hochzeit war das Wichtigste. Gut. Die Hochzeit war der Höhepunkt des Lebens. Gut. Gut und Schlussstrich. Es ging danach nur bergab. Mathematische Konsequenz: Schlussstrich nach diesem Ereignis. Wurde die Geometrie dazu bemüht, die Lokalisation des Striches auf den Millimeter exakt auf den Lebenslinien zu platzieren? Dann Schlussstrich nach der Hochzeitsnacht. Gehört ohnehin zur Hochzeit, selbst wenn die Brautleute sich längst verabschiedet hatten, auf der offiziell bestellten Tanzfläche 3t-ten (trommelten, tanzten, torkelten) die Gäste munter weiter, sodass mathematisch betrachtet das Fest Hochzeit andauerte. Schlussstrich exakt nach der Hochzeit, auf der Lebenslinie Hochzeitnacht. Welche Aussicht: kein Bergab, kein zukünftiger Stress mit Schwiegereltern, kein Stress bei dem späteren Wohnungssuchen, kein Stress mit aufmüpfigen Kindern, kein Stress mit Hochzeitstagen, kein Stress … überall kein, kein, kein, herrlich.

Höhepunkt-Schlussstrich – kein, was für eine Trias. Ein wenig, exakt berechnet, gewissens- grammweise.

Erschrak er bei diesem Gedanken?

Seine Gedanken trugen dazu bei, die einzigartige Zugspitzstellung dieses Ereignisses zu unter- graben. Andere gruben mit weniger, meist mehr fleißig.

Genug! Schlussstriche gab es genug, also hier einen weiteren setzen. Den Gedanken Schluss- striche setzen, wenigstens Diktator und Machthaber über die eigenen Gedanken zu sein. Nicht übel. Alle konnten nicht behaupten, in dieser Position zu sein – auch außerhalb der Psychiatrie.

Er erschrak. Jetzt war endgültig Schluss; seine Gedanken hatten bei der Hochzeit begonnen, gelandet waren sie in der Begriffswelt der Psychiatrie.

Drei Schlussstriche! Er befahl seinem Kopf, drei Schlussstriche zu setzen, den aufmüpfigen Gedanken Herr zu werden.

Bilder schossen hoch. Mit der Zeit war an fast jedem Ort dieser rotierenden Schmutzkugel Hochzeit gefeiert worden. Als Taucher in der Tiefe des Meeres. Beim Absturz als Fallschirmspringer in der Luft. Auf einem Berggipfel. Auch auf dem Mount Everest? Er wusste es nicht. Auf einem Berggipfel bestimmt. Mount Everest? Hier war das Internet zu kontaktieren. Ein wenig später, lächelte er mit Wiener Gemütlichkeit, ein wenig später.

Auf einem Misthaufen? Wieder ein Fragezeichen, Internet kontaktieren - Hochzeit Misthaufen, später, ein wenig später.

Erst kürzlich während eines normalen Fluges. Vor der ahnungslos in Alltagskleidern ruhenden Braut schossen alle wichtigen Menschen ihres Lebens, Mutter, Großmutter, Geschwister wie Pilze aus dem Boden der Sitzreihen. Sie hatte ihren Einstieg nicht bemerkt. Sicherheitshalber waren sie im Flugzeug hinter der Braut platziert worden. Ihr Freund erhob sich und kniete plötzlich vor ihr nieder. Die Mutter kam auf sie zu, ein Hochzeitskleid im Arm. Andere ahnungslose Mitpassagiere zückten tonnenweise Handys. Aus dem Flugzeug ergoss sich eine Bilderflut ins Internet. Einem Bild konnte doch aufgetragen werden, im Labyrinth des Internetzes quasi im Vorbeifliegen nach einer Hochzeit auf einem Misthaufen Ausschau zu halten. Inzwischen hatte sie das Brautkleid übergestreift und der Pilot stand vor ihr. Wer flog jetzt eigentlich die Maschine?

Egal, es gab Wichtigeres. Nach dem zweiten Ja gab es einen tosenden Beifall, hinter der Beifallswolke drückte der Bräutigam einen Kuss auf den wieder sprachlosen Mund seiner Frau.

Als Bräutigam war er seit wenigen Augenblicken Besitzer eines weiblichen Mundes, da war es wenig wichtig, ob dieser gegen sein seltsames Munddasein weiterhin revoltierte.

Schlussstrich. Kuss drauf. Zusammen, was zusammengehört. Er hatte sie alle getoppt. In der Realität? In der Gedankenwelt? Es spielte keine Rolle. Welche Idiotie, Unterschiede zwischen Gedanken und Realität zu karteien.

Geld spielte keine Rolle. Wurde es nicht besessen, mathematisch logische Konsequenz: es wurde vorgestellt. Da das Gehirn laut Verordnung keinen Unterschied zwischen Gedanken und Realität mehr machen durfte, war es verpflichtet, für das Gedankengeld auf den millionsten Gramm dieselbe Menge Glückshormon auszuschütten. Darauf kam es an, auf das millionste Gramm Glückshormon.

Das strahlend weiße Kleid erhob sich vor dem Hintergrund der brodelnden Lavamassen. Feine schwefelgeschwängerte Dämpfe stiegen auf. Gleich einer Blaskapelle entluden sich von Zeit zu Zeit geräuschgefüllte Dämpfe ruckartig in die vibrierende Luft. Alles schien eine friedliche Atmosphäre. Über dem feurigen Schauspiel lag ein Teppich tiefblauer Luft, die schwungvoll geschnittenen Augen der Braut wetteiferten mit dem Himmel und dem schönsten Blau. Die Trauungszeremonie wurde knappgehalten. Nach dem obligatorischen Anstecken der Ringe und – zum Ausgleich der Antigenstrukturen – nachfolgenden Kuss zum Lippenoberflächen-antigensekretaustausch setzte mit hämmernden Bässen Musik ein und in der wahren Bedeutung des Wortes begann der Tanz auf dem Vulkan.

Eine Gruppe junger Männer bewaffnete sich mit Spießen, kurz darauf schmückten wuchtige T-Bone-Steaks ihre Stahlspeere und sie liefen etliche Meter dichter an den Kraterrand heran. Bald brutzelten die Fleischklumpen, die vor einigen Tagen noch fellgekleidet auf Wiesen grasten, in der heißen aufsteigenden Vulkanluft. Schmelzendes triefendes Fett gab zischende Laute von sich, die sich mit den Geräuschen der Vulkanblubbern und der hämmernden Musik-bässe zu einem formidablen Orchester fügten.

Der Bräutigam ließ seine Blicke kurz über seine Freunde schweifen, seine Alkoholgedanken waren größtenteils bereits in die Hochzeitsnacht vorausgeeilt, der Rest ergötzte sich an der Imagination der bald durchs Internet flutenden Bilderquelle dieser ersten Vulkanhochzeit. Da taten auch die zahllosen Aschefunken keinen Abbruch, die sich auf das weiße Brautkleid der Angetrauten gesetzt und feine verklumpte Stoffreste hinterlassen hatten.

Weiter reichte die Summe seiner Gedanken nicht, reichten nicht in den blauen Himmel, nicht darüber hinweg in das All, nicht darüber hinweg bis in das Zentrum dieses unvorstellbaren Etwas - wo Er einsam unter Ausschluss aller anderen

Wesen längst den Schlussstrich beschlossen hatte.

„Und wie es war in den Tagen Noahs, so wird es sein in den Tagen des Menschensohnes. Die Menschen aßen und tranken und heirateten bis zu dem Tag, an dem Noah in die Arche ging, dann kam die Flut und vernichtete alle. Und es wird ebenso sein, wie es zur Zeit des Lot war: sie aßen und tranken, kauften und verkauften, pflanzten und bauten. Aber an dem Tag, als Lot Sodom verließ, regnete es Feuer und Schwefel vom Himmel, und alle kamen um. Ebenso wird es an dem Tag sein, an dem sich der Menschensohn offenbart." (Lukas 17:26-30).

Flut war Flut, ob Wasserflut oder Feuerflut, machte es noch einen Unterschied?

Viele haben
Narben,
Obwohl sie
Im Leben nie
Gekämpft haben.

6.

Das unbekannte Doppelzeichen

Er rauschte durch die polierten Gänge des Supermarktes: Schokocreme, Müsli, Schnittkäse, aus einem Tier herausgeschnittene Wurstscheiben, Zahnpasta zusammen mit Toilettenpapier, alles verschwand im Einkaufswagen, der ihm sein aufgesperrtes Krokodilmaul entgegenstreckte. Nach der Fütterung der unteren Hälfte drückte er auf einen Knopf an der Griffleiste, auf dem Display leuchtete die Zwischensumme auf, kurz darauf ein Sonderangebot aus der Fleischabteilung.

Auf einmal spürte er etwas Klebriges am Finger. Wie konnte es sein, offenbar hatte er sich geschnitten. Er betrachtete die zähflüssige rote Masse, die aus der Haut des Fingers quoll. Ungläubig schüttelte er den Kopf. Unmöglich. Es war unfassbar. Er hatte sich nicht geschnitten. Mit dem Aufleuchten des Sonderangebots aus der Fleischabteilung - einem saftigen Steak – war aus einer Pore des Wagengriffes Tierblut auf seinen Finger gedrückt worden – die Werbung gewissermaßen verstärkend.

Ekel stieg auf. Was zu weit ging..., das ging Mount Everest mäßig zu weit. Bodenlose Unverschämtheit. Doch nicht bodenlos. Damit wäre die Unverschämtheit wieder verschlossen, verschwunden. So billig kamen sie ihm nicht davon.

Verzeihung, darf ich Ihnen behilflich sein.
Im Umdrehen erkannte er eine junge Frau. Ihre Uniform enttarnte sie als Mitarbeiterin des Supermarktes, das Kleid aus werbe-, aus anderen Gründen supereng und kurz. Der Ärger verschwand schneller als er es registrieren konnte.

Kein Blut, sagte die hübsche junge Frau. Soweit gehen wir nicht. (Noch nicht, schienen ihre Gedanken anzufügen). Ketchup, exzellent, natürlich Bio und 100% auf das Steak abgestimmt. Das wollten Sie doch gerade kaufen, oder?

Bevor er eine Antwort hervorbrachte hatten ihre Hände seinen Ketchup-Finger angenehm umfasst und gesäubert.

Fehlt nur der Kuss, durchfuhr es seine Gedanken.

Ihr Mund umschloss seinen Finger, in ihm stieg eine wohlige Wärme auf. Seine Gedanken spielten einen kurzen Augenblick verrückt. Doch es war leider nur das feuchte Hygienepapier, stellte er am Ende enttäuscht fest.

Bevor er darauf warten konnte, welche Gedanken als nächstes durch seine Gehirnwindungen jagten, hoffentlich das limbische System streiften, hielt er eine kühle Packung in seiner Hand.

Es war das Steak, als Werbefolge wollte er das Fleischstück gerade aus der Fleischtheke holen. Rote blutige wässrige Flüssigkeit waberte zwischen dem perfekt marmorierten Fleischklumpen und der straffen Plastik-verpackung. Ein wenig unheimlich war ihm zumute, diese Frau, dieser Supermarkt, vielleicht ein Analysecomputer, irgendjemand, irgendetwas schien 100% seines Geschmacks zu kennen.

Es wunderte ihn kaum, dass ihm die Frau inzwischen eine Flasche des Bioketchups in die andere Hand gedrückt hatte.

Dazu empfehlen wir dieses neue Gewürz, die perfekte harmonische Verbindung zwischen dem Steak, dem Ketchup und...

Auf einmal hatte er das Gefühl, seine Ehefrau stand neben ihm und versuchte, ihn von ihrer

Wahl des nächsten Urlaubsziels zu überzeugen und…

Die Frau biss sich auf die Lippen:

Pardon, natürlich auch die perfekte Gewürzverbindung mit den Kartoffeln, hatte ich wohl vergessen, Ihnen bereits mitzubringen.

Bevor er etwas erwidern konnte, war sie im nächsten Gang verschwunden, um gleich darauf mit einem Netz kleiner fester Kartoffeln und einem tiefgrünen Brokkoli zurückzukehren.

Ihm wurde noch unheimlicher zumute. Brokkoli, das einzige Gemüse, dass seine Geschmacksknospen überrollen durften, bei fast jedem Einkauf hatte er ein Stück mitgenommen. Aber doch nicht in diesem Supermarkt, durchfuhr es ihn, das Gemüse kaufte er aus biologischen und sonstigen Prinzipien aus dem Bio-Laden von gegenüber.

Wir sind alle vernetzt, flüsterte die junge Frau. Nervös blickte sie hinter sich.

Offensichtlich hätte sie diese Bemerkung niemals tun dürfen. Ihr war ein gefährlicher Fauxpas unterlaufen.

Keine Sorgen, flüsterte er zurück. Bin gut im Schweigen.

Gern hätte er sich mit ihr weiter unterhalten. Sie legte jedoch Kartoffeln und Brokkoli in seinen Einkaufswagen, setzte ein flüchtiges Lächeln auf. Vermutlich warteten zwei kleine Kinder und ein mürrischer Ehemann auf sie zu Hause, tröstete er sich. Ihr wohlgeformter, nur wenig bekleideter Körper war verschwunden, lediglich der nichtssagende Schatten kroch über den blankpolierten Boden und verschwand schließlich ebenso im nächsten Gang.

Er bemerkte nicht, dass der Einkaufswagen ab jetzt wie von selbst durch die Abteilungen rollte und ihn wie den Anhänger einer Lokomotive nachschleifte. Das Display leuchtete noch zweimal auf, allerdings blieben die Poren des Griffes am Einkaufswagen verschlossen. Auch die junge Frau tauchte nicht mehr auf. Er erreichte die Kassiererinnen befreite Kasse und stellte den prall gefüllten Einkaufswagen auf das kurze Rollband. Es garantierte einen langsamen, gleichmäßigen Vorschub, damit der Kontroll-scanner jedes Warenstück erfassen konnte. Nachdem der Scanner sein Ergebnis mit der Zahl auf dem Display am Einkaufswagen verglichen hatte und eine 100-prozentige Übereinstimmung festgestellt hatte, schnellte ein automatischer

Arm von der Seite nach vorn und ließ – als Dank für seine Ehrlichkeit, ein verpacktes Präsent in seinen Wagen fallen.

Jetzt bewegte sich der Maschinenarm von der horizontalen in die vertikale Position und fragte kurz: „Kopf oder Hand?"

Kopf oder Hand, wiederholte er leise. Er war froh, der Kopffraktion anzugehören. Früher undenkbar, bis einige mutige Vorkämpfer buchstäblich ihren Kopf durchgesetzt hatten – lediglich eine winzige Narbe an der Stirn erinnerte an den bereits mehrere Jahre zurückliegenden Entschluss.

Früher durfte der Bankkontochip nur in der Hand implantiert werden. Bald hatten aber erste darauf bestanden, ihn unter der Stirnhaut eingepflanzt zu bekommen. Dadurch behielt der Kunde beide Hände frei. Mit dem Kopf durch die Wand, aus der Wand des Supermarktes, dachte er spöttisch, als er seine Stirn dem aufgerichteten automatischen Arm entgegen-streckte. Der Arm senkte sich, für den Bruchteil einer Sekunde, nur für das Unterbewusstsein zu bemerken, verharrte er in einer streng nach vorn oben ausgerichteten Haltung, um danach schneller, fast schuldbewusst, in der Versenkung zu verschwinden.

Als er den Einkaufswagen vom kurzen Rollband hinabschob waren die Daten seines Einkaufs längst von einem Server, der in einer wohlgekühlten Kammer wie ein Ungeheuer lauerte, verschluckt worden. Und sein Ergebnis eines korrekten Einkaufs war auf dem Glasfaserweg zu einem wolkenkratzenden Glasstahlgebäude, das wohlmeinend zu lächeln schien.

Adresse: sechste Straße, Nummer sechs, im sechsten Quartier.

„Die Kleinen und die Großen, die Reichen und die Armen, die Freien und die Sklaven, alle zwang es, auf ihrer rechten Hand oder ihrer rechten Stirn ein Kennzeichen anzubringen. Kaufen oder verkaufen konnte nur, wer das Kennzeichen trug: den Namen des Tieres oder die Zahl seines Namens. Hier braucht man Kenntnis. Wer Verstand hat, berechne den Zahlenwert des Tieres. Denn er ist die Zahl eines Menschennamens; seine Zahl ist sechshundertsechsundsechzig - 666."
(Offenbarung 13:16-18).

Im Vorraum des Ausgangs kam er an einer unscheinbaren Bürotür vorbei. Hinter ihr, höchstens für seine Ahnung sichtbar, stand die hübsche junge Frau vor ihrem Chef. Sie hielt ihm einen Zettel entgegen, der ein zufriedenes, mit einem Hauch von Spott überzogenes Lächeln hervorrief.

Siebzig, raunte er, siebzig Steaks.

Die Rinder werden es ihm übelnehmen.

Wir müssen sofort klären, ob der Schlachthof kurzfristig nachliefern kann.

Siebzig, raunte er ein weiteres Mal.

Die armen lebenden Rinder. Aber gut, glücklicherweise keine Kalbshaxen. Keine Kalbshaxen, das möchte selbst ich mir nicht vorstellen, wie viele zusätzliche kleine Kälber sie in den Tod bringen würden.

Ihr Konto, meine Liebe, Ihr Konto, so viel kann ich Ihnen versprechen, Ihr Konto wird über die Siebzig mehr als glücklich sein.

Eben Sein oder eben Nichtsein. Mal machte das Sein glücklich, mal das Nichtsein. Dabei schoss er urwüchsige Laute in die Luft, verließ schallend Frau, Steaks, Kalbshaxen, Sein und Nichtsein.

Am Schluss
Hat jeder immer alles besser gewusst.
Aus der ex ante Sicht
Pures Lügengift.

7.
Untalentiertes Talent (?)

Fünf und fünf sind zehn. Josse stellte fünf kleine Säckchen, mit Getreide gefüllt, neben fünf leeren. Zwei und zwei sind vier, murmelte er, es sind nicht zehn, aber immer noch das Doppelte vom Anfang.

Er blickte in das alte Buch. Irgendwann wird die Tür aufgehen und der Herr eintreten, machtvoll wie der Prophet Elia, auf dessen Erscheinen sie jedes Jahr an einem Tag warteten, die Häuser offenlassend.

Sein Großvater nahm es besonders ernst und stellte nicht nur ein Gedeck auf den leeren Platz, nein, das beste Essen der Tafel kam auf den Teller des Propheten Elia. Nur war Elia bisher nie gekommen. Und das Essen? Selbst wenn Elia kam, würde er überhaupt speisen? Sich in seiner Erhabenheit eines unsterblichen Wesens mit der Nichtigkeit des Essens abgeben müssen?

Egal, bisher war Elia in keinem Jahr erschienen, der Platz leer und sein Teller mit all den Köstlichkeiten überladen geblieben. So lange Großvater lebte, durfte niemand die Speise anrühren.

Sie seien nicht David, pflegte Großvater zu sagen, den der Herr erlaubt hatte, von den Schaubroten des Tempels zu essen. Schon gar nicht seien sie auf der Flucht oder in Zeiten der Hungersnot, wie die Witwe, die vom letzten Öl und Mehl dem Propheten Elia und nicht dem eigenen Sohn eine Mahlzeit bereitet hatte. Womit wir wieder bei Elia angekommen waren.

Streng sei der Prophet Elia, pflegte Großvater zu sagen, wie der Herr, der erntet, wo Er nicht gesät hatte. Wenn Elia kam, würde er für jedes einzelne Jahr Rechenschaft fordern, für jedes Jahr eine Erklärung verlangen, was sie mit seinem prächtigen Teller angestellt hatten.

Sicher hätte man die Mahlzeit den Armen bringen können, aber Elia war alttestamentarisch. Auge um Auge, Zahn um Zahn, da schien es angebrachter, die Mahlzeit niemandem zu geben. Sie in einem tiefen Loch zu vergraben, Mutter Erde zurückzugeben, wo sie letztendlich herkam und ebenso einmal jeder sterbliche Leib enden würde.

Damals ahnte Großvater noch nicht, dass die Menschen auf die Idee kommen würden, ihre Asche oder später gar den ganzen toten Körper mit Paketen ins Weltall zu schießen, um somit das alte Wort, Erde bist du, zur Erde musst du zurück, infrage zu stellen.

Er würde sich über Vieles gewundert haben, aber nun lag er längst in der toten Erde, nicht weit entfernt von der Stelle, wo sie jedes Jahr die unberührt gebliebenen Speisen des Elia vergraben hatten. Vielleicht war Großvater auch ein reinkarnierter Pharao gewesen, der nur zu Lebzeiten bereits dafür gesorgt hatte, die leckersten Speisen in der Erde zu verstecken, bevor er selbst ins Totenreich folgte. Dann war es ziemlich gemein, diese Tradition zu brechen, denn irgendwann würden die Vorräte aufgezehrt sein, und was sollte dann aus Großvater werden? Alles war nur ein Bruchteil der Gedanken, die in der Familie aufkamen, als Großvater gestorben war. Wie sollte mit der Tradition weiter verfahren werden? Selbst in der Familie gab es Revolutionäre, die sogar forderten, die Tradition völlig aufzugeben. Warum die Tür auflassen, es zog nur, während sie das Essen verspeisten. Und überhaupt, Elia konnte anklopfen, wenn er kam. Warum einen leeren Teller hinstellen, einen unbesetzten Platz lassen, es war ohnehin viel zu eng am Tisch. Zum Glück konnten sie, die

Revolutionäre in der Familie, sich nicht durchsetzen.

Irgendjemand hatte vorgebracht, dass Elia mit einer feurigen Kutsche in den Himmel aufgefahren war. Wer konnte garantieren, dass er nicht mit diesem feurigen Gefährt wutentbrannt durch unser Haus raste, wenn er die Tür verschlossen, keinen Stuhl freigehalten, kein Teller mit Köstlichkeiten überhäuft, vorfinden würde. Wenn er irgendwann wirklich käme. Und daran hatte keiner in seinem tiefsten Herzen Zweifel.

Also wurde ein Kompromiss beschlossen. Alles lief wie bisher, nur dass das Essen des Elia abends einfach in die Küche gestellt wurde, um am nächsten Tag zu entscheiden, wie damit zu verfahren sei. Und jedes Jahr war diese Entscheidung am nächsten Morgen hinfällig, entweder war Elia verkleidet(?) in der Nacht erschienen, als alle bereits schliefen, oder, und dafür sprachen die gesenkten Gesichtsausdrücke einiger Familienmitglieder eher, es hatten in der Nacht ganze Völkerwanderungen in die Küche stattgefunden. Womit auch erklärt war, warum einige am Vorabend verdächtig wenig gegessen hatten, wussten sie offensichtlich, dass das eigentliche Festmahl erst zur mitternächtlichen Feierstunde stattfinden würde.

Die Reste des Mahles waren zu nichts anderem mehr wert, als vergraben zu werden. Womit auch für Großvater schlechte Zeiten angebrochen waren, statt des alljährlichen Elia-reichen Festmahls gelangten nur noch abgenagte Knochen und die bitteren Schalen des sonst so köstlichen Obstes zu ihm unter die Erde. Die Zeiten wurden eben schwieriger, selbst für die Toten.

Womit wir wieder beim Vergraben angekommen sind. Großvater liebte die alttestamentarische Bibel, hatte sich jedoch manchmal auch auf neutestamentarisches Terrain vorgewagt. Das Beispiel der Talente gefiel ihm besonders gut. Besonders, weil hier eine gewisse alt-testamentarische Strenge zum Ausdruck kam. Der Herr erntet, wo Er nicht sät, wer viel hat bekommt noch obendrauf, wer nichts hatte, dem wurde noch der Rest genommen. Jedenfalls ließ eine oberflächliche Deutung dieser Geschichte diesen Schluss zu.

Die ersten beiden interessierten mich wenig, wer in seinem Leben ist schon so reich gesegnet, dass er fünf Talente besitzt. Fünf wirkliche Talente. Und neigten nicht die reichlich Bedachten dazu, ihre Talente verkümmern zu lassen, weil ihnen einfach alles viel zu leichtfällt, bis sie aufwachen und merken, ein Talent will mit Fleiß verdoppelt werden, um in voller Blüte zu stehen.

Zwei Talente schien mir schon realistischer, nur, wer schafft es schon in seinem Leben, das, was er hat, zu verdoppeln – einige schießen über das Ziel hinaus, haben am Ende zehnfach, tausendfach angehäuft, doch die Zeiten waren nicht nur für den toten Großvater hart geworden, die Generation, die im Vorbeigehen einen vielfachen Wohlstand angehäuft hatte, lag wie Großvater im Schoß von Mutter Erde. Und die anderen hatten unsägliche Mühe, die Talente, die die Familie vor dem Rachen des Staates gerettet hatten, wenigstens in der Höhe des biblischen zehnten Teils zu bewahren.

Ein Talent. Und jemand, der Rechenschaft verlangen würde. Das schien mir der Zeit angepasst. Ich überlegte. Mit Spekulationen ließ sich das Zehnfache herausholen. Was würde der Herr sagen, gäbe ich Ihm zehn statt eines zurück. Ein fader Beigeschmack stieg in mir hoch. Natürlich würde Er wissen wollen, wie ich es angestellt hatte. Der Weg war das Ziel.

Spekulieren, müsste ich kleinlaut antworten, Risikogeschäft, ökonomisches russisches Roulette.

Und was würde Er denken, wenn ich alles aufs Spiel gesetzt und verloren hätte?

Herr, vergraben kam für mich nicht infrage. Nicht wegen Großvater, er brauchte kein Geld mehr; in der Erde war das Geld sicher, kein Toter würde es anrühren, mit dem Tod war das Geld zu dem geworden, was es war, wertloses lustig bedrucktes Papier, verrottetes Metall, das dem Schrotthändler entkommen war.

Trotzdem kam Vergraben nicht infrage, ich kannte die Antwort des Herrn, wenn ich vor den Augen des Allmächtigen neben Großvater ein Loch in der Erde grub, das Talent herausholte und es war nicht mehr als vorher.

Spekulieren und verspekulieren, was, wenn ich Ihm sagte:

Die Banken sind große Gauner. 15% nehmen sie, Herr, aber geben nur 2%, wenn man zu ihnen bringt. Du musst verstehen, dass ich es nicht auf die Bank bringen konnte. 2% minus Inflationsrate, Herr, ich hätte nicht vor Dich treten können. Und außerdem, Herr, schwierige Zeiten, in denen ich lebe. Der Staat ist mausetot, bankrott, es macht nichts, das Leben geht weiter. Aber nun gehen selbst die Banken mausetot bankrott, wie soll es da noch weitergehen, wie sollte ich da das Geld auf die Bank bringen? Also war es egal, Herr, besser zu spekulieren, alles oder nichts, nun ja, es ist nichts geworden, aber Du musst verstehen, es hätte auch alles werden können. Es hätte auch anders kommen können.

Ich spürte den durchdringenden Blick des Herrn, weil es nicht anders gekommen war.

Du hast es dir viel zu einfach gemacht, Großvater, wie oft hast du mir deine Lieblingsgeschichte erzählt, und als ich anfing, eine Winzigkeit zu verstehen, hast du dich gemütlich zurückgezogen, lässt es dir mit dem Mahl des Elia gut gehen und lässt mich mit tausend und einer Frage allein.

Und eine Frage, Herr, fünf Talente, zwei Talente, ein Talent. Was ist mit der Zahl 0. Warum hast Du die Zahl 0 erschaffen. Gibt es Menschen mit null Talenten? Ich meine, am Anfang, nicht am Ende, nach der Abrechnung.

Ich dachte an die Menschen, die ich kannte. Es fiel mir niemand ein. Eine richtige Null kannte ich nicht. Keine Null, Herr. Großvaters Bild tauchte vor meinen Augen auf. Auch das Bild des Herrn, wie ich es früher in meiner Kinderbibel gesehen hatte.

Es gibt keine Null, sagte Großvater, bei acht Milliarden Menschen findest du keine einzige Null.

Der Herr lächelte. Keine Null, wiederholte Er, nicht vor der Rechnung und nicht nach der Rechnung.

Fernsehen
Heißt Weghören.

8.

Das Kleinste Größte

Autos, Flugzeuge und, und besonders Eisenbahnen. Alles faszinierte diesen kleinen Jakob. Hunderte von Stadtbahnen hatte er gesehen. Trotzdem. War er zu Besuch und wir saßen gerade am Esstisch, egal ob Ruhe herrschte oder ein Gespräch stattfand, rauschte eine Stadtbahn an unserem Fenster vorbei, die Trasse war keine 30 m entfernt, sprang Jakob auf und rief:

Guck mal, eine Eisenbahn, mit, mit rotem Dach, rot, mit so einer bin, bin ich gefahren.
Seine Stimme überschlug sich vor Begeisterung. War die Bahn vorbei, stocherte er wieder lustlos in seinen Kartoffeln, als habe sich nichts Besonderes zugetragen.
Feuerwehren habe ich vergessen. Feuerwehren waren die Krönung seiner mobilen Faszinationsgegenstände. In Amerika hatte ich mich neben einem solchen Gefährt aufnehmen lassen, es war, wie alles in diesem Land, gigantisch, lang wie ein Häuserblock. Das riesige Feuerwehrauto schlummerte auf einer Foto-CD, armer Jakob, es gibt auch Nachteile beim digitalen Foto-

grafieren, bei jedem Besuch ermahnte er mich, endlich das Foto auszudrucken.

Das Leben besteht meistens aus Umwegen. Um in den Himmel zu kommen, gehen wir erst in die Erde zurück, als müssten wir am Ende unseres Lebens einmal die dunkle Erdkugel durchqueren, um am anderen Ende herauszukommen und in den Himmel aufsteigen zu können. Elia hatte es einfacher.

Er war einer der wenigen, die diese Erde ohne Umwege verließen. Wo stand dieses Ereignis in dem dicken alten Buch? Natürlich in den Königen, ein solch königliches Ereignis kann nur in den Königen stehen.

„Während sie miteinander gingen und redeten, erschien ein feuriger Wagen mit feurigen Pferden und trennte beide voneinander. Elia fuhr im Wirbelsturm zum Himmel empor. Elischa sah es und rief laut: Mein Vater, mein Vater! Wagen Israels und sein Lenker! Als er ihn nicht mehr sah, fasste er sein Gewand und riss es mitten entzwei." (Zweite Könige 2:11-13).

Als ich diese Geschichte ein weiteres Mal in dem alten Buch las, wurde mir klar, warum es Elia vorbehalten war. Der andere bezeichnete ihn als Lenker eines Wagens. Elia war einer der wenigen, der einen Führerschein besaß, einen feurigen Wagen mit feurigen Pferden zu lenken. Und nicht nur, dass er eine solche Lizenz besaß, er vermochte sie ungleich besser auszuüben, als es die Lizenz verriet. Hier steckte zumindest ein Grund, warum Elia in einem feurigen Gefährt ohne Umwege in den Himmel durfte.

In einem feurigen Wagen. Was hätte Jakob dazu gesagt. Der Anblick eines feurigen Wagens. Keine Feuerwehr, kein Flugzeug, keine Eisenbahn, was hätte Jakob…

In 20 Jahren, erwachsen, in Deutschland erwachsen geworden, hätte er vielleicht gefragt: Hat er überhaupt eine Betriebserlaubnis? Und ein TÜV-Siegel ist auch nicht zu sehen. Was, wenn ein Flugzeug seine Bahn kreuzt?

Einige hundert Kilometer weiter westlich hätte ein Franzose vielleicht gesagt:

Fabelhaft! Aber warum so eilig. Zuerst gemütlich ein Glas Wein trinken.

Ziemlich verschieden, obwohl es um denselben feurigen Wagen geht.

Ein Russe hätte vielleicht bemerkt:

Unsere Kosmonauten waren im Weltall und haben Gott nicht gefunden. Wo will er hin?

Und ein Engländer? Wahrscheinlich:

Tolle Pferde, ich würde gerne wissen, welches Kraftfutter er verfüttert.

Die Amerikaner wären wohl auch nicht verlegen:

Starke Leistung!, würde es ihnen entfahren, aber ist er schneller als unsere Saturnraketen? Wenn nicht, wir könnten versuchen, ihn einzuholen und einer Befragung unterziehen.

Und die Italiener:

Schade. Er verpasst seine Beerdigung. Wir hätten ihm so eine schöne Beerdigung gemacht.

Ein Ire? Ich weiß nicht, vielleicht hätte er sich gewundert, dass jetzt schon Straßen in der Luft gebaut werden.

Und ein Araber?

Die Pferdeäpfel sind bestimmt aus Gold, wie bei Aladin.

Und ein Brasilianer:

Tolle feurige Farben. Faszinierend. Aber nirgends bunte Federn, die Pferde, der Wagen, alles kahl. Nicht wie beim Karneval!

Fragen, viele Fragen, noch mehr Vermutungen.

Jakob, mein kleiner Junge mit seinen Autos, Flugzeugen, Eisenbahnen. Jakob steht auf einem

Feld, überall Blumen und vor ihm steigt der Prophet Elia in einem feurigen Wagen, von Rossen gezogen, in den Himmel auf. Was hätte er gesagt, als Kind, noch nicht dem Kind entwachsen?

Sicherlich wäre er aus Begeisterung aufgesprungen, mindestens ebenso begeistert, wenn eine Stadtbahn an unserem Fenster vorbeiratterte.

Toll, darf ich mitfahren. Ich muss mir erst noch einen Astronautenanzug überziehen, muss ziemlich heiß sein in einem feurigen Wagen.

Darf ich mitfahren?

Es ist die einzige logische Reaktion auf den Anblick eines feurigen Wagens, der in den Himmel aufsteigt. Was sind eine Saturnrakete, eine Concorde oder ein sonstiger Überschall-flieger, ein Rolls Royce oder ein kilometerlanges Feuerwehrauto, wenn man mit einem feurigen Pferdewagen mitfahren kann.

Toll, darf ich mitkommen?

Sicherlich hätte sich der Prophet Elia umgedreht, trotz aller Eile, es ging doch um die Frage eines Kindes. Umgedreht hätte er sich, Jakob angelächelt und geantwortet:

Ich fahre in den Himmel, Jakob, zu Gott. Du bist ein kleines Kind, und die kleinen Kinder, Jakob, die sind schon bei Gott, Leben im Himmel, auch wenn sie auf der Erde sind.

Mit goldenem Funkenflug brauste Elia davon und Jakob, obwohl er traurig war wegen der verpassten Mitfahrgelegenheit, hat trotzdem gestrahlt, weil er Elias Antwort verstanden hatte, denn Jakob war noch ein kleines Kind.

„Wer ist im Himmelreich der Größte? Da rief er ein Kind herbei, stellte es in ihre Mitte und sagte: Amen, das sage ich euch: wenn ihr nicht umkehrt und wie die Kinder werdet, könnt ihr nicht in das Himmelreich kommen. Wer so klein sein kann wie dieses Kind, der ist im Himmelreich der Größte. (Matthäus 18:1-4).

Am Ende der Lebensreise
Schließen sich ewige Kreise.

9.
Wässriges Feuer

Als Kind kommen einem manch seltsame Assoziationen in den Kopf. Mich erinnert der Tanz der Baalpriester an die Geschichte aus Afrika, in der Mitte ein riesiger Topf, in dem ein ahnungsloser Fremder gekocht wird. Das einzig Verbindende ist wohl der Tanz um einen Mittelpunkt. Um einen riesigen Kochtopf oder um einen gewaltigen Scheiterhaufen aus Holz. Und hier lag schon das Problem. Kein Feuer. Die Baalpriester konnten wild tanzen wie sie wollten, ihre Götzen hörten sie nicht, sandten kein Feuer, um das für sie zubereitete Mahl zu verzehren.

Und Elia. Er muss seelenruhig in einer Ecke gesessen haben, das seltsame Treiben beobachtend. Damit nicht genug. Er stachelte die anderen noch an.

Schreit lauter, vielleicht hören eure Götzen nicht, weil sie schlafen.

Die anderen riefen lauter. Wetzten sich mit Messern die Haut blutig, blutig, Ekstase, umsonst, wie sollten sie auch tote Gebilde, das Werk von Menschenhand, zum Leben erwecken?

Das kann ich auch!

Es lag viele Jahre zurück. Ein normaler Landzirkus. In der Mitte ein Zauberer, der Kunststücke ausführte. Überall aufgerissene, staunende Kinderaugen.

Bis auf einmal ein kleiner Junge dazwischenrief:

Das kann ich auch!

Und der Zauberer? Was sollte er machen? Die Stimme ignorieren? Durch einen noch besseren Trick ablenken?

Was, wenn der Junge wieder rief:

Das kann ich auch!

Den Beweis erbringen lassen, auch wenn es einer Demütigung gleichkam, aber es bestand die Chance, dass es sich um einen kleinen Angeber handelte. Vielleicht traute er sich nicht in die Manege. Und selbst dann, der Bengel würde vor aller Augen kläglich versagen, er selbst, der große Zauberer, hatte viele Jahre gebraucht, diesen Trick einzustudieren.

Was hätte Elia gesagt, wenn die Baalpriester den Scheiterhaufen zum Brennen, nur durch einen wilden Tanz angefacht, bekommen hätten? Waren sie nicht auch mit Mächten verbunden? Die Priester des Pharaos schleuderten ihre Stäbe auf den Boden und sie verwandelten sich ebenso in Schlangen wie der Stab des Mose. Bis hierher bestand Waffengleichheit.

Nur, die Schlange des Mose verschlang die Schlangen des Pharaos. Ein deutliches Zeichen. Ein Feuer kann aber kein anderes verzehren und falls beide eine Flamme zustande gebracht hätten, die Menschen wären kaum beeindruckt gewesen, nur weil Elias Flamme ein paar Zentimeter höher schlug.

Doch Elia blieb ruhig. Eine coole Situation. Zwei konkurrierten, buhlten um dasselbe Mädchen. Eine Situation, im Tierreich gang und gäbe. Eine Mutprobe. Für jeden dieselbe. Und das Mädchen guckt, guckt und wartet, wer die Probe besteht. Und du siehst deinen Nebenbuhler und weißt hundertprozentig: Er wird es nicht schaffen! Die Braut, das Volk, gehört dir.

Aber warum die Demütigung auf die Spitze treiben? Die Baalpriester hatten versagt. Sich in Ekstase geritzt, ohne dass der Haufen Feuer fing. Und Elia? Warum schnippte er nicht einfach mit dem Finger, er kannte die Macht, die hinter ihm stand.

Gießt Wasser über das Holz. Natürlich. Es war viel zu einfach, einen Holzstoß ohne Feuer anzuzünden. Es musste ein nasser Holzstoß sein. Oder bestand darin der Trick?

Später, im Neuen Testament, Christus verwandelte Wasser in Wein. Natürlich. Elia ließ Wasser anstecken und unterwegs verwandelte sich das Wasser in Brennspiritus. Den Rest würde die heiße Wüstensonne erledigen.

Kein Wein, kein Brennspiritus, das kostbarste, was es in der Wüste gab, Wasser, um ein Wunder noch größer zu machen.

Warum? Oh Herr, welch halsstarrig Volk hast Du Dir erwählt! Welche Wunder hast Du ihnen gezeigt, zuletzt beeindruckte es sie kaum noch. Das geteilte Meer, fliegende Schlangen, Manna, Wachteln, der wasserspendende Felsen, man gewöhnt sich an alles.

Und Elia? Wie der Herr kannte Elia die Braut, um die er buhlte. Elia hat eine Glasscheibe in den Holzstoß gelegt, ein Brennglas. Die Sonne hat das Feuer entzündet. Einfache Berechnung. Sie würden viele Erklärungen finden, auch wenn der bestellte Brandexperte den Aschehaufen vergeblich nach einer Glasscherbe durchsiebt hätte.

Gießt Wasser über das Holz. Gießt das Kostbarste, was ihr in der Wüste habt, und ich werde euch Größeres geben. Mehr als Wasser in der Wüste. Ein Feuer, das in eurem Herzen brennt.

Elias Gesicht glich einem in Felsen gehauenen Antlitz.

Stark, unberührt, in keinem Winkel unsichere Zuckungen. Das Wasser der Wüste war das Öl in seinem Feuer.

Das kann ich auch. Keine Stimme erhob sich, obwohl viele im großen Kreis um das Feuer standen, viele, auch Kinder.

Am Ende der Reise fällt uns ohne Not
Der Tod,
Wie wir in unseren Tagen
Trotz ihrer Klagen
Die Natur gefällt haben.

10.
D(i)e(r) verlorene Sünde(r)

Nein, unter dem Tisch lag er nicht. Ich hatte bereits nachgesehen. Vielleicht hatte ich ihn übersehen. Unmöglich. Unter dem Tischbein gab es einen kleinen Hohlraum. Möglich, dass er heruntergerutscht war. Ich hatte doch alles abgesucht, mit der Taschenlampe abgelichtet. Auch unter den Füßen? Ja, nein, doch nicht. Ich meine nicht alle Füße. Es war anstrengend, unter den niedrigen Tisch zu kriechen. Beim letzten Tischbein war ich nicht mehr voll bei der Sache. Ich musste wenigstens beim letzten noch einmal nachsehen.

Welches war das letzte? Viermal hatte ich unter dem Tisch alles abgesucht, rein statistisch konnte jedes Tischbein einmal das letzte gewesen sein. Oder umgekehrt, einmal das erste, besonders gründlich abgesucht. Mein Rücken. Er schmerzte. Das viele Bücken. Wie ein Hund kroch ich unter den Tisch. Brotkrumen. Wann war das letzte Mal gesaugt worden. Gestern. Aber mein Sohn hatte gesaugt.

Statistisch gesehen besaß jede Brotkrume unter unserem Esstisch eine größere Überlebenschance, wenn er saugte. Die Krümel klebten an meinen Händen. Ablecken? Welch wirre Gedanken einem unter einem dunklen Tisch kommen. 30 Jahre war es her, dass ich mich unter einen Tisch aufhalten durfte. Bald war ich zu alt dafür. Wer lässt sich schon gerne die Beine abschneiden, außerdem, es schickte sich nicht, aus vielerlei Gründen.

War es die Mühe wert, noch einmal unter den Tisch zu kriechen? Er konnte unterwegs aus der Tasche gefallen sein. Irgendwo in einer Regenpfütze, von hunderten Autos überrollt. Mein kleiner Zettel. Mit der wichtigen Telefonnummer. Warum suchte ich eigentlich? Vielleicht kann ich mich an die Nummer…

Da hinten schimmert etwas Weißes, letztes Tischbein. Verflixt, den Kopf gestoßen. Keine Hektik. Dieses weiße Etwas entkommt dir nicht. Endlich, warum habe ich den Zettel bei den anderen Malen übersehen. Egal, Ende gut - alles… Alles schlecht. Wieder nichts. Ein belangloser Fetzen Papier, ohne Zahlen. Keine Telefon- nummer. Wer wirft denn hier Papierfetzen auf den Boden? Brotkrumen konnte ich noch verstehen. Aber Papier? Keine Ordnung. Schon immer meine Rede. Keiner denkt, keinen Moment.

Nicht unter dem Tisch, auch nicht auf dem Sofa. Wo hatte ich mich aufgehalten, die letzte Stunde.

In der Küche – natürlich. Ich war die Hälfte der Zeit in der Küche. Warum nicht erst nachdenken? Typisch. Ohne Sinn und Verstand fünfmal unter den Tisch kriechen, anstatt in der Küche nachzusehen. Aber der Zettel steckte doch noch in der Tasche, als ich die Küche verließ. Natürlich. An den Fingern klebte Marmelade, deshalb wollte ich ihn nicht herausnehmen, aber den Zipfel, der aus meiner Tasche ragte, hatte ich deutlich gesehen, als meine Marmeladenfinger nach dem weißen Papier griffen. Erinnern.

Die erste Zahl war eine vier. Ich sehe sie deutlich vor mir. Eine vier, ganz vorne in der Zahlenreihe. Ganz vorne. Stand nicht eine fünf am Anfang? Ich hatte mich noch gewundert, warum die Zahl mit einer fünf anfing. Natürlich. So war es. Die fünf vorn. Dann stand die vier an zweiter Stelle. 54.54.

Das Gebilde sah seltsam aus. Erinnerte mich nicht an den verlorenen Zettel, die verlustig gegangene Telefonnummer. In einigen Minuten musste ich weg. Nein ich werde alles absagen, muss diesen Zettel finden.

Irgendwo wird der sein, er kann sich nicht aufgelöst haben. Auch nicht in einer Pfütze. In der Küche hatte ich ihn noch gesehen, wie er aus meiner Tasche ragte. Warum habe ich ihn nicht ordentlich hineingesteckt? Verflixt. Eine Reißzwecke steckte in meiner Hand, ich kroch immer noch auf allen vieren unter dem Tisch, hatte angefangen, die Ecken des Teppichs anzuheben.

Wer um alles in der Welt lässt eine Reißzwecke fallen, ohne sie aufzuheben? Wut stieg in mir auf. Beethoven wird gewusst haben, woran ihn diese Geschichte erinnerte.

Die Wut über den verlorenen Groschen. Ein Perpetuum mobile sich überschlagender Noten. Übereinander, durcheinander, wild wie ein kleiner Orkan. Nicht in der Küche, nicht auf dem Sofa. Hier unter dem Teppich ebenfalls nichts.

Das Bücherregal. Möglicherweise hatte ich ihn auf den Rand eines Brettes gelegt. Vielleicht vor einen Roman, Titel: Des Menschen Suche nach Glück. Oder: Weltreisen im 20. Jahrhundert, besser gesagt häusliche Weltreisen im 20. Jahrhundert.

Egal, vor welchem Buch. Der Zettel konnte nur im Bücherregal liegen, natürlich, oder, vielleicht noch, ja, im Bad war ich nicht gewesen, ich meine, nicht, um den Zettel zu suchen, vorher schon.

Ich werde ihn finden, und wenn ich alles umkrempeln, das Bücherregal, das Bad, irgendwo...

„Oder wenn eine Frau zehn Drachmen hat und eine davon verliert, zündet sie dann nicht eine Lampe an, fegt das ganze Haus und sucht unermüdlich, bis sie das Geldstück findet? Und wenn sie es gefunden hat, ruft sie ihre Freundinnen und Nachbarinnen zusammen und sagt: Freut euch mit mir; ich habe die Drachme wiedergefunden, die ich verloren hatte. Ich sage euch: Ebenso herrscht auch bei den Engeln Gottes Freude über einen einzigen Sünder, der umkehrt." (Lukas 15:8-10).

Wir neigen
Zum Bekleiden
Von einem Amt
Und nicht vom Verstand

11.

(Un)Schuldige Sc(Huld)

Ein Desaster. Welch ein Desaster. Anfangs beschlich ihn ein ungutes Gefühl. Sei's drum, er war kein Bauchmensch. Die Ratio führte ihn zu einer anderen Entscheidung. An deren Ende das Desaster stand. Die erste Abteilung war bereits aufgelöst worden, zwei weitere schwankten, gleich Schilf inmitten häufiger werdender Winde der Klimakatastrophe.

Seine Entscheidungen waren bislang gut, nicht von der Treffsicherheit seines Vorgängers, der jetzt auf irgendeiner Insel in der Sonne brutzeln wird, bevor er sich zum nächsten Früherkennungs-Screening-Check zum Hausarzt begibt. Er besaß nicht den Mut seines Vorgängers, ungewöhnliche Entscheidungen zu treffen, besaß weder dessen Kraft noch Willen, sie gegen jeglichen Widerstand durchzuboxen.

Bislang hatten seine Entscheidungen über die neuesten Modetrends jedoch zu jährlichen, wenn auch geringeren Gewinnen des Unternehmens geführt. Bislang. Jetzt war nicht bislang, jetzt war Desaster, jetzt war Katastrophe, jetzt war Schließung von Abteilungen. Nur weil er einmal mit seiner Einschätzung mehr als total danebengelegen hatte. Trend, Zeitgeist, Mode, mehr als total verkehrt eingeschätzt, Unmengen an Waren verkehrt geordert, die jetzt in Geschäften an Stangen baumelten, kaum gekauft.

Die Tür öffnete sich. Erleichterung, nicht sein Chef, Frau Sommter, die Sekretärin.

Der Chef lässt sich entschuldigen. Ist aufgehalten worden. Dauert ein bisschen länger. Ich glaube, Sie können sich denken, warum, fügte sie spitz hinzu.

Diese alte Kuh, dachten seine Gedanken. Führt sich ihm gegenüber auf, als sei sie der Chef. Billige Schreibse, Computertipse, schickten seine Gedanken hinterher, während er sie freundlich anlächelte.

Danke. Mehr brachte seine Zunge nicht hervor.

Ungespeichelt klebte sie am trockenen Gaumen, während kleine Bäche über seine feuchten Handflächen rauschten. Die Pandemie kam ihm entgegen. Alles war auf Abstand. Wie es ohnehin der Wirklichkeit entsprach. Jetzt jedoch offiziell. Keine Begrüßung per Handschlag, wenn sein Chef eintreten würde. Die feuchten Hände könnten ihn verraten. Der Pandemie sei gedankt. Sein Gesicht hatte er besser im Griff, obwohl man doch Hände im Griff hat. Das Gesicht befand sich auch dichter an seinem Kopf, der Schaltzentrale seines älter werdenden Körpers. Kein Schweiß auf der Stirn, kein Erröten.

Warum ausgerechnet spielten die Hände verrückt? Gab es Stress? Frau Sommter war verschwunden. Er malte sich ihren zweiten Auftritt aus, wenn sich sein Chef ein weiteres Mal entschuldigen lassen würde.

Zweiter Akt, erste Szene. Auftritt Schreibse: schneller, sicherer Gang. Kopf oben, Nase noch höher, die Lippen gespitzt, in den Augen hinter Mitleid getarnte Verachtung.

Es würde nicht so weit kommen. Er sprang auf, eine tausendstel Sekunde, bevor die Tür aufging, pumpte Luft in die Tiefe seiner schwarzen Lunge, öffnete den Mund, die feuchte rechte Hand zur Faust geballt…

Blieben Sie doch sitzen, schlug ihm eine tiefe Stimme entgegen.

Sein Chef war einen Kopf größer, breiter, quadratischer Körper auf zwei dünnen Beinen; unter einem wirren Gestrüpp Augenbrauen stachen zwei giftgrüne Augen auf ihn ein.

Setzen Sie sich, mein Lieber, echote die tiefe Stimme, wir alle müssen uns mehr setzen, entschleunigen, meditieren, Zeit nehmen.

Er blickte sich um, als wollte er feststellen, in welcher Ecke des Zimmers diese Worte entstanden.

Ich mache es kurz. Die Sache ist verdammt schief gegangen. Hat mich meine Mittagspause gekostet, den Aufsichtsrat zu besänftigen. Einige wollten, dass Köpfe rollen. Zum Glück haben wir Krieg. Es rollen genug Köpfe durch die Medien. Da braucht es Ihren nicht mehr. Danken Sie dem Krieg. Ach was, danken Sie, wem immer Sie wollen. Von mir aus ihrem Bürostuhl, auf dem Sie kleben. Der Sie nicht gehen lässt, um sich nicht an einen anderen Hintern gewöhnen zu müssen.

Sein Chef lachte, er versuchte, es ihm gleich zu tun, lachte über seinen eigenen Hintern. Den hatte er ohnehin nie gemocht. In der Schulzeit trug er nur Kleidungsstücke, die wie eine Gardine über seinem Hintern hingen, der in seinen Augen, obwohl sie dieses Körperteil nie gesehen hatten, schrecklich und unförmig in die Gegend ragte.

Es war seinen Mitschülern aufgefallen. Sprachen zwar nicht darüber, er spürte es. An einem Tag, eine Belanglosigkeit, die er dennoch nie vergaß, lief die Klasse eine Treppe hoch, der hinter ihm laufende Junge griff plötzlich den Rocksaum des Anoraks und zerrte ihn nach oben.

Was erwartete er, ein verdecktes kraterförmiges Loch, eine sich nach außen wölbende fußballgroße Wulst?

Nach vorn war er gestolpert, alle hielten den Bruchteil einer Sekunde an, jede Zunge schwieg, kurz, zu kurz, bevor lautes Gelächter ausbrach.

Ich will es kurz machen.

Der Chef unterbrach seine die Vergangenheit durchsuchenden Gedanken.

Wir haken es ab. Punkt aus!

Er spürte Erleichterung, wollte seinem Gegenüber die schweißtriefende Hand entgegenstrecken.

Na Heinrich, der Wagen bricht, polterte sein Chef hervor.

Moment der Stille, seine Gedanken rasten, was bedeutete diese sinnlose Bemerkung? Zum Glück fiel ihm das Märchen ein, bevor er sich eine Blöße geben musste.

Ja, stammelte er, der Reifen von meinem Herzen. Er ist krachend geplatzt.

Ein Reifen, polterte sein Chef. Der Mount Everest ist von ihrem Herzen abgefallen. Ein bisschen mehr Dankbarkeit, nur ein wenig, das darf ich wohl erwarten.

Stammelnd entschuldigte er sich, für seinen großen Fehler.

Danke, dem herabstürzenden Mount Everest, 8000 Danke, der zu gering ausgefallene Dank, danke, danke, danke, ich weiß nicht wie…

Genug, unterbrach sein Chef, einen Second-hand-Dank muss ich mir nicht antun.

Die Augen seines Chefs funkelten zur Tür, rückwärts, in gebeugte Haltung, verließ er das Zimmer. Damit hatte sein untertäniger Geist nicht gerechnet. Die Schuld erlassen. Eine zweite Chance. Neuer Start. Alles auf Null. Neuer befreiter Anfang. Keine Bürde. Keine Schuld.

Ohne seine gebeugte Haltung zu ändern rückkehrte er ins eigene Büro. Hinterteilig fiel er in die über Jahre eingedrückte Kuhle seines Stuhls. Die Augen geschlossen genoss er die bürdefreien Schultern. Beim dritten Mal vernahm er das Klopfen. Kein forsches, eher zaghaft, unsicher.

Er wusste das Anklopfen wie einen Händedruck zu lesen.

Ja bitte, sagte er bestimmt.

Die Tür quälte sich aus der eingerasteten Klinke. Einer der ihm unterstellten Mitarbeiter zwängte seinen Körper durch den Türspalt.

Was gibt es, Miller, fragte er herausfordernd.

Aus den Segeln des anderen entwich der kleine Funke Wind, der Mut, mit dem er sich hierher gewagt hatte.

Es ist wegen des Berichts, stammelte Miller. Ich bin nicht, meine Frau ist aber krank, die Kinder, zur Schule bringen, Kochen, ich habe...

Er unterbrach das Stammeln.

Was ist mit dem Bericht? schrie er. Nicht fertig? Sie wagen es, mir so unter die Augen, unter die Augen zu treten.

Seine Stimme überschlug sich. Gesicht feuerrot erhob sich sein Körper aus dem Stuhl, der wohl vertrauten, über Jahre persönlich angefertigten Kuhle.

Es tut mir unendlich leid, stotterte Miller, werde jede Nacht an der Fertigstellung...

Sie werden gar nichts, unterbrach er. Das Unternehmen hat gewaltige Schlagseite und Sie, Sie kommen mir mit Nichts, Nichts.

Meine Kinder, meine Frau, stammelte Miller, sie sind doch nicht Nichts, sie sind, sie sind...

Sie sind, sie sind fauchte er zurück. Sie sind nichts weiter als ein Versager. Gerade jetzt. Es kommt auf jeden an. Auf alles. Nichts darf mehr schief gehen. Und Sie, Sie kommen mir mit ihren banalen Privatitäten.

Er schnaubte. Schraubstockartig bohrten sich seine Hände in den Tisch. Miller wich zurück.

Seine funkelnden Augen holten ihn ein, nagelten ihn am Boden fest.

Das ist unentschuldbar, sagte er mit einer plötzlich leisen Stimme, triumphierend im Unterton. Mit mir nicht, Miller. So nicht. Nicht mehr. Nie wieder. Sie sind gefeuert. Sofort. Packen Sie Ihre Sachen. Verschwinden Sie auf der Stelle.

Das können Sie doch nicht, erwiderte Miller. Meine Frau ist nicht gesund, drei Kinder müssen...

Sie wollen mir vorschreiben, was ich darf und nicht, brüllte er unvermittelt. Was erlauben Sie sich. Soweit ist es schon.

Er griff zum Hörer, seine Sekretärin hob ab.

Mrs. Hendryk. Bringen Sie mir das Kündigungsformular B02AR. Ja doch, das für fristlosen Kündigungen. Tragen Sie den Namen Miller ein. Bringen Sie es dann umgehend in mein Büro.

Keine fünf Minuten später zitterte das Papier in Millers Händen.

Begleiten Sie Miller in sein Büro, orderte er seiner Sekretärin. Er hat zehn Minuten Zeit, seine Sachen zu packen. Dann begleiten Sie ihn zum Ausgang.

Und beauftragen Sie den Pförtner, Millers Zugangskarte umgehend zu sperren.

Ich, ich weiß, was ich kann, Miller, schleuderte er dem anderen hinterher. Mit mir nicht. So nicht mehr. Zeit, diesen Saustall endlich auszumisten. Eine alte Zeit war neu angebrochen.

„Der Herr hatte Mitleid mit dem Diener, ließ ihn gehen und schenkte ihm die Schuld. Als nun der Diener hinausging, traf er einen anderen Diener seines Herrn, der ihm 100 Denare schuldig war. Er packte ihn, würgte ihn und rief: Bezahl was du mir schuldig bist. Da fiel der andere vor ihm nieder und flehte: Hab Geduld mit mir! Ich werde es dir zurückzahlen. Er aber wollte nicht, sondern ging weg und ließ ihn ins Gefängnis werfen, bis er die Schuld bezahlt habe." (Matthäus 18:27-30).

Viele Vertrauen
Nur dem Schauen
Ihrer Augen
Und nicht ihrem Glauben.

12.

Unverpackungen

Zielstrebig, aber ein wenig unsicher steuerte er auf die Buchhandlung zu. Der Blick durch die Fensterscheibe verriet: kein anderer Kunde. Es vereinfachte sein Anliegen. Er betrat den Laden, über ihm schwere Glocken, die sich beim Öffnen der Tür in ein tiefes tranceartiges Schwingen versetzten. Neben der Kasse ein alter Mann, in ein noch älteres Buch vertieft. Seine Augen kreisten den Laden, nirgends eine junge, hübsche Verkäuferin. Mit dem Alten würde er es zu tun bekommen, wenn er wenigstens nicht schwerhörig war, er nicht derart laut sprechen musste, dass eine Unterhaltung auf der Straße zu hören war.

Er zog sein dickes Portemonnaie hervor, ließ es neben das alte Buch fallen. Dicke Staubflocken wirbelten in die Höhe, der Alte nießte heftig, sein Monokel zertischte sich tausendfach, als es auf dem Tresen aufschlug.

Tut mir leid, entschuldigte er sich. Wollte Sie von vornherein beruhigen. Sie gehören sicher zur Herz-Ruhe-brauch-Gruppe unserer Stadt.

Regungslos, ein wenig herausfordern, blickte ihn der Alte unvermindert an, hypnotisiert vermochte er keine Abwendung seiner Blicke vorzunehmen.

Wollte nur von vornherein klarstellen: Geld spielt keine Rolle. Deshalb das Portemonnaie. Denke, Sie verstehen, was meine Worte Ihren Gehirnwindungen vermitteln wollen.

Immer noch fixierte ihn der Alte, kein altgewordenes Wort kroch von der trockenen Zunge durch das lückenhafte Gebiss nach draußen.

Ich hätte gern ein halbes Kilo Abenteuerroman. Das Wichtigste, murmelte er. Davor fünf Seiten eines Liebesromans, bitte vom hinteren Teil, dort ist es nicht so zäh und für den Anfang drei Seiten Kunstdruckbuch. Bitte mit Fotos aus Europa, an liebsten Norditalien, es ist am bekömmlichsten.

Der Alte hatte alles mitgeschrieben.

Haben Sie Probleme mit dem Magen? fragte er mit leiser Stimme, oder vielleicht Sodbrennen, etwas höher angesiedelt im Kopfbereich?

Er schüttelte den Kopf. Naturdankbarer Weise nicht.

Dann würden Sie auch einen Kriegsroman vertragen, sagte der Alte. Etwas Herzhaftes und insgesamt bissiger.

Er griff nach einem Buch hinter sich, streckte den Arm vor und ließ das Buch in der Hand auf- und abwiegen.

Leider 622 g, schoss es aus dem Alten hervor. Was sagten sie, ein halbes Kilo?

Er nickte.

Ich war früher Weltmeister im Gewichtsschätzen. Auf das Mikrogramm genau. Heute leider nur noch aufs tausendstel Gramm. Ein Teil meiner Sinne hat mich verlassen, weiß der Kuckuck wohin.

Er hatte nie gedacht, dass alles wie selbstverständlich ablaufen würde.

Es ist herzhaft aber nicht zu scharf. 14 individuelle und 325 Schlachtfeldtote. Ist aus dem Mittelalter. Sowas lässt sich verdauen. Etwas aus dem Ersten oder gar Zweiten Weltkrieg schlägt derart auf den Magen, wird nicht mehr nachgefragt.

Er überlegte.

Wäre vielleicht ein Kriminalroman wohlschmeckender?

Habe ich auch, unterbrach ihn der Alte. Er konnte offensichtlich Gedanken lesen. Griff ein weiteres Mal hinter sich.

Wie haben sie früher ihr Steak gemocht? wollte der Alte wissen, blue rare, rare, medium rare, medium oder etwas well done?

Seine Gedanken unternahmen einen gewaltigen Satz in die Vergangenheit, keine Erinnerung, in keiner seiner Gehirnwindungen steckten noch Erinnerungsatome eines blutig oder durchgebratenen Steaks. Bücher jede Menge. Das stellte kein Problem dar. Doch dort bevorzugte...

Hier habe ich einen well done Krimi, unterbrach der Alte erneut seine Gedanken. Nur Giftmorde. Kein Messer, kein Unfall, keine Pistole, kein Tröpfchen Blut. Falls Sie well done bevorzugt haben. Sonst rate ich Ihnen – er griff nach einem weiteren Exemplar – zu diesem Buch. Mordwaffe nur Messer und andere spitze Gegenstände, falls sie früher auf Blut mehr gestanden haben.

Er schüttelte den Kopf.

Vielen Dank für Ihre Mühe. Ich bleibe bei 500 g Abenteuerroman. Dazu drei Seiten Liebesroman, bitte keine amerikanischen, zu süß und auch keine englisch gepilcherte – hier kann ich tun was ich will und habe nie etwas prickelnden exotischen Geschmack hineinbekommen. Die Seiten aus der Fotodokumentation wie Sie es aufgeschrieben haben. Das wäre alles.

Mit geübter Bewegung zertrennte der Alte einen Abenteuerroman, in dem er 500 g aus der Mitte herausschnitt. Geschickte tagholte er auch die anderen Wünsche aus zwei dunklen Bucheingeweiden hervor.

Er verschwand kurz hinter einem Vorhang und kam mit einem Klumpen Schinken in der linken Hand zurück. In der rechten hielt er ein jahrtausendealtes japanisches Samurai-Schwert.

Bevor er es wahrnehmen konnte, hieb der alte mit dem Schwert millimeterdünne Scheiben vom Schinken.

Ich packe ihnen alles in Schinken ein. Blicken Sie nicht skeptisch. Sie bekommen ohnehin nur beste Ware. Der Schinken vermittelt etwas mehr Geschmack, manche Darstellungen sind zugegebenermaßen etwas trocken. Sie müssen mir nur schriftlich bestätigen, dass Sie die Schinkenverpackung in der dafür bestimmten Spezialtonne entsorgen. Gibt leider Mitbürger, ewig Unverbesserliche, die immer noch alte

Verpackungen und nicht die neuen Produkte konsumieren.

Mit dem wohligen Gefühl, die feuchte Verpackung in den Händen zu halten, verließ er schweigend die Buchhandlung. Eilen musste er sich. Die Hälfte der Mittagspause war bereits im dunklen Buchladen verschwunden.

„Denn niemand setzt ein Stück neuen Stoff auf ein altes Kleid; denn der neue Stoff reißt doch wieder ab, und es entsteht ein noch größerer Riss. Auch füllt man nicht neuen Wein in alte Schläuche. Sonst reißen die Schläuche, der Wein läuft aus, und die Schläuche sind unbrauchbar. Neuen Wein füllt man in neue Schläuche, dann bleibt beides erhalten." (Matthäus 9:16,17).

Immer und überall
Gibt es Beifall.
Nur mit dem letzten Akkord
Gehen wir leise fort.

13.
Zuspielender Hörschauer

Seit über einer halben Stunde fluteten die Tonmassen durch den Konzertsaal. Unentwegt rollten die Wellen der Streicherbögen durch den Raum, entzündeten Querflöten eine glitzernde, sprühende Wolke aus hellen Tonlichtern. Bevor aus dem stetigen Auf und Ab der Streicherwellen ermüdende Gleichförmigkeit wurde, brachen in unregelmäßigen Abständen gewaltige Kaskaden aus den Posaunen, ihr dunkler Schalltrichter glich dem aufgerissenen Maul eines gierigen Raubfisches.

An wenigen Stellen schien die Musik einzuschlafen, lediglich einzelne Streicher-pizzicati spielten kurze Töne, die im nächsten Augenblick stumm in der Dunkelheit der Halle verschwunden waren. Leise Trommeln murmelten, ein schlafender Bach zeitlupte sich fast regungslos durch eine verlorene Landschaft, kurzes Aufatmen, vom Fagott und Oboe grummelten seltsame Geräusche in den Raum, unsichtbaren Tierkehlen entstammend.

Das war seit dreißig Minuten, es zählte nicht mehr, längst steigerte sich das dunkle Murmeln der Trommeln stetig in beängstigende, zunehmend aggressive laute Schläge. Die fremden Fagotte- und Oboenklänge wandelten sich mit jeder Sekunde in schmerzverzerrte, schreiende Schlunde, losgerissen aus den Leibern ihrer Körper, die in wirren Zuckungen durch die dunklen Tonwolken mal stolperten, mal rasten. Das trotz zunehmender Wildheit noch immer perfekte simultane Auf und Ab der Streicherbögen wurde zu einer gewaltigen Tsunamifront, sich drohend auftürmend vor dem Graben, der sie vor den regungslos starrenden Zuschauermassen trennte.

Tiefes Grollen entwich den Posaunen, die Trompeten zerschmetterten die verbliebenen stillen Inseln über den Köpfen der Musiker. Inzwischen schlugen acht Hände unablässig wilder auf Trommeln und Pauken ein. Das unkontrollierte Tongebilde waberte am Rand einer unsichtbaren Mauer, die es von den entsetzt blickenden Zuhörern trennte, in jedem Moment bereit, alles niederzubrechen, mit sich fortzureißen.

Er saß noch ruhig auf seinem Platz. Seit über 30 Jahren. Nicht nur bei diesem Stück. Bei vielen. Besonders aber bei diesem. Kaum eines besaß dieses irre furiose Finale, in dem sich sämtliche Katastrophen, die über diese Welt gegangen waren, ein letztes Mal für die erwartete Endkatastrophenapokalypse zusammengetan, zusammengeballt hatten. Seine Augen fixierten die Schlagzeuger. In nicht mehr messbaren Schwingungswirbeln droschen sie auf die toten Tierhäute ein.

Neben ihnen entdeckte er seine beiden eigentlichen Ziele. Ein schwarzgekleideter Frack, der zwei bronzene Becken umklammerte und gegen die darauf lastenden Tonwolken in die Höhe drückte. Daneben ein weiterer schwarzer Frack, einen Hammer in der Hand, den Arm bereits weit abgespreizt, um in der allerletzten Sekunde das Gerät auf den Gong zu schmettern, mit diesem einzigen Schlag dieser irren Welt ein endgültiges unwiderlegbares Ende zu bereiten.

Kurz blickte er auf das Gesicht des Dirigenten. Hinter geschlossenen Augen trieben die durcheinander wabenden Gehirnwindungen beide Arme an, die abwechselnd auf die verschiedenen Instrumentengruppen einschlugen und das Chaos dem Abgrund entgegentrieben. Seine Beinmuskeln spannten sich an, vor seinen Augen tauchte die Partitur auf.

Innerlich zählte er die Sekunden, versuchte sie mit den unkoordinierten Armzuckungen des Dirigenten in Einklang zu bringen. Die Becken waren in der vorgesehenen Höhe angekommen, fünf Sekunden und sie würden mit ohrenbetäubendem Lärm das betäuben, was noch nicht betäubt war, über Musiker, Instrumenten, Dirigenten, den Saal, die ganze Welt, zusammenstürzen, vereint mit der einstürzenden Klangmauer, die der in der Höhe am Gong werkende Hammer aus ihren Fundamenten reißen würde.

Drei Sekunden, er zitterte, jede Muskelfaser oszillierte, sein schwerer Oberkörper kämpfte gegen die Beine, sie am Boden zu halten.

Eine letzte Sekunde. In ihm war es grabesstumm, über ihm türmten sich gewaltige schwere Tonmassen, er hörte keinen einzigen Ton dieser bedrohlichen Urmasse. Alle Willensstrukturen in seinem Kopf waren abgeschaltet. Was jetzt kam, war Automatismus, hundertfach ausgeführt, mit jedem Mal perfektioniert.

Die beiden frackbezogenen Arme schlugen auf das letzte Zeichen des Dirigenten ohrenbetäubend aneinander, im selben

Augenblick schmetterte der schwere Schlegel auf den Gong, eine riesige letzte Tonwelle brach vom Metall des Instruments und orkante in die Klangmauern der Posaunen.

Alles überschlug sich über den versteinerten Köpfen der Zuhörer. Keine hundertste Sekunde nach dem schlusssausenden Akkord schnellten ihn seine Beine nach oben. In der Fratze seines Gesichtes erplatzte ein riesiges, dunkles Loch, seine Kehle entschleuderte ein langgezogenes Braaaaavooooo. Millisekunde Pause, ein zweites Bravooooo folgte, gezielter, lauter, direkt auf den Dirigenten gerichtet.

Inzwischen waren seine Füße wieder auf dem Boden gelandet, ein weiteres Mal spannte sich selbst der kleinste Muskel seiner Gliedmaßen an und schleuderte seinen Körper erneut in die Höhe.

Bravooo, Bravoooooo, unentwegt, noch einmal, ein weiteres Mal, er schwebte immer noch, Bravo, Brvo, die Pausen wurden mit jedem Ruf kürzer, jetzt schlugen seine Hände bei jedem Schrei laut applaudierend aufeinander. Brrrrrrvooooo.

Hinter ihm saß ein Kind, mit verwirrten Augen blickte es auf das hüpfende, schreiende Gebilde.

Als es sich fragend an seine Mutter wandte, blickte diese hilflos, irritiert zur Seite.

Vor den Augen des Kindes sackte der aufgesprungene Körper wieder nach unten. In dem Moment, als die Füße unsanft auf den Boden schlugen, senkte sich, nicht vom Aufprall, sein Haupt nach vorn zu einer huldvollen Verbeugung, als galt der tosende Applaus nur ihm, nicht dem Dirigenten, nicht den Musikern, nicht den Instrumenten, nicht dem Komponisten, niemandem sonst, nur ihm. Denn niemand konnte in diesem Augenblick im Kopf jenen Augenblick bedingungsloser Selbstaufgabe vorweisen, selbst wenn es nur diente, das Tosen des Beifallssturms auf ihn zu lenken, alle Blicke auf seine erregte Fassade zu zerren, die allein einer solchen Bekundung würdig war.

„Sie schnüren schwere Lasten zusammen und legen Sie den Menschen auf die Schultern, wollen selber aber keinen Finger rühren, um die Lasten zu tragen. Alles, was sie tun, tun sie nur, damit die Menschen es sehen: Sie machen ihre Gebetsriemen breit und die Quasten an ihren Gewändern lang, bei jedem Festmahl möchten sie den Ehrenplatz und in der Synagoge die vordersten Sitze haben, und auf den Straßen und Plätzen lassen sie sich gern grüßen und von den Leuten Rabbi (Meister) nennen."

(Matthäus 23:4-7).

*Kinder sind die
Größte Quelle der Fantasie.*

14.

Getarnte Wunder

Der Sand qualmte. Grau zerriebene Luft dampfte durch die Reihen, vermischte sich mit den Ausdünstungen der Anwesenden und der halbvollen Biergläser. Wer nicht schwatzte, versuchte dem Redner zu folgen. Wortbrocken drangen durch die herabhängende Luft, die Stimme eines Geistes, tief aus dem Inneren eines Berges kommend.

Wir werden Probleme lösen. Alles. Alles wird besser. Nur wir ... Die anderen... Dreck, endlich muss aufgeräumt werden.

Seltsam fügten sich die Wortfetzen aneinander. Am Podest stand ein dickleibiger Mann. Sein Gesicht glühte feuerrot und Schweißbäche niagaraten von seiner Stirn, einiges davon lief in ein vor ihm stehendes Bierglas.

Der hatte recht. Der verkörpert was vom Leben. Aufräumen wird er. Schluss mit dem Schlendrian. Der wird eine Menge neuer Gefängnisse bauen müssen. Beneiden werden uns die anderen. Endlich der ersehnte Heilsbringer.

Die Menschen waren zufrieden. Ihre Zufriedenheit war eine Suspension aus Qualm,

Bier und Hoffnung, in dem der aufgeplusterte helle Stern eines Menschen leuchtete. Sie hatten ihn gesehen, der gekommen war, alles wieder in Ordnung herzurichten.

An jedem Platz des Raumes standen Teelichter und verströmten würzigen Geruch. Teppiche schmückten die Wand, vor einigen kleine Buddhagestalten. In der Mitte des Saales befand sich ein bettartiges Gebilde. Und in der Mitte des Gebildes, mit anderen Worten direkt im Zentrum der Aura, saß eine verhärmte Gestalt. Beine zum Schneidersitz verknotet, die Augen ins unendliche Nichts gerichtet. Die Arme horizontal in Kopfhöhe angehoben, ausgebreitet, ein menschlicher Kolibri, der über dem Boden schwebte.

Wir, nichts sind wir. Verdorben unsere Körper, krank von der Hektik der Zeit. Schließt die Augen das Übel der Welt nicht zu sehen. Das Licht, spürt ihr es, euren Körper durchstrahlt es, wärmende Spuren hinterlassend, breiter Strom, aus der unendlichen ewigen Vergangenheit kommt er. Legt eure Hände auf die Augen. Das Licht pulsiert, durchflutet eure Gebeine, warm, sanfte Wärme, warm wird es in euch. Vergesst die Begierden des Körpers, Essen ist Sünde, trinken, nur reines Wasser sollt ihr euch hinzufügen.

Um das bettartige Gebilde mit der verhärmten Gestalt saßen ca. 20 Menschen. Geschlecht, Alter, Aussehen, alles unterschiedlich, ineinander vermischt. Als das Wort Wasser fiel, erhoben sie sich, trancierten zu einem thekenartigen Tisch, überladen mit Wasserflaschen. Zwei nur wenig bekleidete Frauen standen dahinter, lächelten, hörten nicht auf, ewig zu lächeln und verteilten das heilende Wasser – gegen ein angemessenes Entgelt, das sie in eine samtausgeschlagene Schatulle legten. Nachdem sie vom Wasser getrunken hatten, kehrten die Leute auf ihren Platz zurück. Die hagere Gestalt hatte sich aufgerichtet. Die knorrigen Füße standen auf einer Lache aus Scherben. Die Augen der Gestalt waren weit geöffnet, riesig aufgerissene Pupillen, durch die die Blicke der Anwesenden magisch angezogen wurden, dahinter einen rosablühenden uralten Baum des Lebens zu erblicken. Der Weg dorthin, nur er konnte sie geleiten, sie wussten es jetzt noch mehr als am Anfang der Mediendigitalisierung.

Der Körper war in seltsame Verwindungen verdreht. Arme wie ein Geflecht ineinander verwoben, die Beine ineinander gekrampft, hart am Körper angewinkelt. Ständig liefen wechselnde Grimassen über das Gesicht, unwillkürlich, von einer nicht bekannten, unsichtbaren Kraft angetrieben.

Draußen wartete eine unüberschaubare Menschenmenge. Geduldig schob sich die Kette vorwärts, verschwand Gliederweise im kleinen Haus und wurde an der Rückseite wieder ausgespuckt. Mit verklärten Augen, viele von ihnen, Strahlen im Gesicht, Tränen, die in den Faltentälern alter Gesichter herunterrollten. Verändert, das hatte sich verändert, noch nicht das andere, weshalb sie gekommen waren. Es brauchte Zeit. Nicht so wichtig. Wer sich zehn Jahre mit einer Krankheit herumgeschleppt hatte, für den bedeutete die Zeit der Heimreise nicht viel. Das hatte der Vater des Knaben doch gesagt. Ihr müsst glauben. Nur daran glauben, bis ihr Zuhause seid. Dann werdet ihr das Wunder an eurem Körper sehen.

Und weil ihr Glaube so schwach war, hatten sie noch von dem Wunderwasser gekauft, wundersam war es geworden, weil der Knabe mit den verdrehten Augen jeden Tag in diesem Tümpel badete. Der Glaube war wichtig. Den Rest durften sie mit dem Wunderwasser ergänzen. Und die Zeit. Nur noch warten, bis sie zu Hause waren. Keine Schmerzen mehr. Beine, die wieder rehgleich durch die Straße hüpften. Gelähmte Arme, die sich in Body-Builder-Ausstellungsstücke wandeln würden. Warten bis zur Heimreise. Hatte der Herr nicht auch zum Bittsteller gesagt: Geh nach Hause. Dort wirst du deinen Knecht gesund antreffen. Warten aufs Zuhause.

Die Kette wurde nicht kürzer. Erwartungsvolle Gesichter verschwanden im Haus und kehrten mit verklärten, leeren Ausdrücken an der Rückseite des Gebäudes wieder ans Tageslicht.

Sie alle hatten von dem Wunder gehört. Der gelähmten Alten, schon auf dem Sterbebett, zu neuem Leben erweckt, weil sie der Knabe berührt hatte. Ein einziges Mal. Nur ein einziges Mal hatte er sie berührt. War ein einziges Mal gelaufen in seinem Leben, von seiner Bettstatt bis zur Hütte der Alten, hatte seine verdrehten Glieder gezwungen, ihn dorthin zu tragen. Die Alte zu berühren. Staunend hatten die wenigen in der Hütte das Schauspiel beobachtet. Wie die

Alte sich danach aufrichtete. Als sei sie ein junges Mädchen, von einem langen Winterschlaf erwacht.

Dann hatten sie den Knaben an seinen verdrehten Gliedern zu seiner Elternstadt zurückgezerrt und das Wunder, das Heil, das ihnen erschienen war, in die Welt hinausgetragen.

Sag uns, wann wird das geschehen und was ist das Zeichen für deine Ankunft und das Ende der Welt.

Und er antwortete: Gebt acht, dass euch niemand irreführt! Denn viele werden unter meinem Namen auftreten und sagen: Ich bin der Messias! Und sie werden viele irreführen (Matthäus 24:3-5).

Jugendliche sind nicht
Einfach,
Sondern vielfach
Unglaublich.

15.
Heimatlose F/fremde Heimat

Barfuß war er angekommen. Berge, Wälder, Bäche, Straßen durchquert, unzählige Male sich verletzt, in der Dunkelheit der Nacht, die einzige Zeit, in der er fliehen konnte. Der Tag war nichts anderes als eine große Zielscheibe, für seine Verfolger bereitet. Er wusste nicht, ob die Grenze bereits hinter ihm lag. Man sah es einem Baum nicht an, ob es ein einheimischer oder bereits ein ausländischer war. Die Grashalme waren überall genauso grün, ebenso frei. Er nicht. Seine dunkle Hautfarbe verriet ihn sofort. Auch der unruhige Blick seiner Augen. Jeder würde die Flucht in seinem Gesicht ablesen, ein aufgeschlagenes Buch, nur ein Wort, auf zwei Seiten, auf beiden Seiten des Lebens, der Vergangenheit und der Zukunft und in die winzige Buchritze der Gegenwart - geschrieben: Flucht.

Wenn einer immer noch nicht begriff, spätestens die nackten Füße würden ihn verraten. Oder helfen. Nackte Füße. Er war in einem christlichen Land. Hatte der Herr nicht auch den Anderen die nackten, zerschundenen

Füße gewaschen. Gut, dass er in ein christliches Land geflohen war. Falls er bereits die Grenze passiert hatte.

Zehn Jahre lag es zurück. Das Bild des ersten Menschen würde er nie vergessen, ein Bauer, prachtvoll gekleidet, prachtvoll genährt, der seinen Hund auf ihn ansetzte, auf dieses raubende Zigeunerpack. Der erste Gendarm, korrekt, weil es die Vorschriften verlangten, ansonsten eine steinerne Fassade aus Ablehnung, Mauer, Stacheldraht, Selbstschussanlage, abgerichteten Hunden, Minenfeldern, alles steckte in dieser Fassade eines menschlichen uniformierten Wesens, tausendmal lieber wäre er durch ein Minenfeld geflohen, anstatt in dieses Gesicht zu sehen.

Zehn Jahre war es her. Jahre in Asylheimen. Heim. Was ist ein Heim? Alkohol, lautstarke Auseinandersetzungen, Drohungen, Diebstahl, keine Ecke des Rückzugs, nicht für sich allein, schon gar nicht für sich und seine Frau, doch sie waren noch jung, in den Jahren der Liebe, in einem Heim, ohne Ort der Stille.

Zehn Jahre suchten sie nach ihm. In der Heimat. Die Menschen, die er kannte. Welche Reaktion stand ihm bevor. Er war geflohen. Und kam jetzt, als mittelloser Bittsteller zurück. Für ihn gab es keine offenen Hände mehr. Nicht in dem Land, das er zehn Jahre bewohnte, erste eingewachsene Wurzeln, das erste Kind, hier geboren, nicht in diesem Heim, nicht in der Heimat, ein anderes Gesicht, unbekannt die alte Heimat, noch nicht bekannt die neue.

Steh auf, nimm das Kind und seine Mutter und zieh in das Land zurück, denn die Leute, die dem Kind nach dem Leben getrachtet haben, sind tot. Der Krieg war tot. Am Hunger gestorben, da es nichts mehr zu zerstören, nichts mehr zu fressen gab für den Krieg, unersättlich wie er war.

Da stand er auf und zog mit dem Kind und dessen Mutter in das Land Israel. Als er aber hörte, wer an der Stelle regierte, fürchtete er sich, dorthin zu gehen. Und er zog in das Gebiet Galiläa... Und ließ sich nieder.

(Matthäus 2:20-23).

Das Glück
Ist ein Stück,
Das auf der Bühne des Lebens
So selten zu sehen
Ist,
Dass man es nicht mehr vermisst.

Inhaltsverzeichnis

Biografie

Ich wurde in Berlin geboren. Nach dem Abitur in Berlin habe ich Medizin in Berlin und München studiert und war nach meinem Studium ca. 40 Jahre in der Medizin tätig. Seit Ende 2023 bin ich berentet. Während meiner Berufstätigkeit habe ich nebenher eine Reihe von Manuskripten verfasst, ein Jugendbuch, Kinderbücher, Romane und Gedichte.

Einige sind seitdem über einen Self-publishing-Verlag veröffentlicht worden.

Neben einer Reihe anderer Veröffentlichungen hat der Autor auch folgende Gedicht- und Prosabände veröffentlicht:

Die Christyllische Weihnacht – Weihnachten wie immer (und) anders

27 Kurzgeschichten mit je einem Bild, zu jedem Tag vom 1.-26. sowie 31. Dezember; sehr abwechslungsreiche Geschichten von Weihnachten im Kaufhaus, bei den

Schildbürgern, in einem neuen Märchen, als Science-Fiction und Weihnachtsgeschichten zur Zeit der Geburt Jesu. So abwechslungsreich, dass für jeden und jedes Alter etwas dabei ist (auch in Englisch erhältlich).

Die Insel der Figuren
Roman. Ein kleines Mädchen in Japan bekommt zum Geburtstag von ihrem Vater eine Puppe geschenkt. Als das Mädchen älter ist, wird die Puppe in einem kleinen Boot auf die Wellen des Meeres gesetzt. Offensichtlich eine Tradition ins Erwachsenenalter.
Einige Zeit später reist ein anderes Mädchen ihrer verschwundenen Puppe hinterher, eine spannende abenteuerliche Reise mit einem ungewöhnlichen überraschenden Ende beginnt.

101 Weihnachtsgedichtsbäume – gegen das Poesie-Waldsterben
Über 100 besinnliche, lustige, stimmungsvolle aber auch nachdenkliche Gedichte über die Weihnachtszeit.

Ostern - Gedichte zur Osterzeit
43 Gedichte mit christlichen Inhalten von Gründonnerstag bis zur Auferstehung Jesu, durchsetzt mit gedankenvollen Aphorismen.

Hinter dunklen Himmelswolken –
Gedichte in Zeiten der Trauer

74 Gedichte über Tod, Sterben, Hoffnung, Zuversicht, das Danach.

Der erdenkliche Mensch - Das Du im Ich

55 Gedichte, dazwischen Aphorismen, die sich nachdenklich und kritisch mit liebgewonnenen menschlichen Verhalten auseinandersetzen.

Das Moooondschaaaaf
(monatlich durch das Jahr)

Für jeden Tag eines Monats ein Gedicht aus Sicht eines auf dem Mond lebenden Schafs, das humorvoll, kritisch, skeptisch und wiedererkennend unsere Erde beäugt; zwischen jedem Gedicht ein Aphorismus; mit passenden lustigen Bildern aus Kinderhand; auch als Geburtstagsgeschenk für den passenden Geburtstagsmonat geeignet.